KB174115

환몽과기(鰥夢寡記)

역주자 강 찬 수

1996년에 성균관대학교 중어중문학과를 졸업하고, 2000년에 대만 國立政治大學 中文硏究所에서 「『孔子家語』硏究」로 중국문학 석사학위를 받았으며, 2006년에 중국 復旦大學 中國古代文學硏究中心에서 「中國刻本『古文眞寶』文獻學的硏究」로 중국고전문헌학 박사학위를 받았다.
성균관대학교・고려대학교・단국대학교・명지대학교 등에서 강의를 하였고, 현재 원광대학교 중국학과 조교수로 재직 중이다.

환몽과기(鰥夢寡記)

초판 인쇄 2015년 7월 23일
초판 발행 2015년 7월 31일

역주자 강찬수
펴낸이 이대현
편 집 오정대
펴낸곳 도서출판 역락
서울시 서초구 동광로 46길 6-6 문창빌딩 2층
전화 02-3409-2058(영업부), 2060(편집부)
팩시밀리 02-3409-2059
이메일 youkrack@hanmail.net
역락블로그 http://blog.naver.com/youkrack3888
등록 1999년 4월 19일 제303-2002-000014호

ISBN 979-11-5686-216-1 93810
정 가 16,000원

* 파본은 구입처에서 교환해 드립니다.

이 도서의 국립중앙도서관 출판예정도서목록(CIP)은 서지정보유통지원시스템 홈페이지(http://seoji.nl.go.kr)와 국가자료공동목록시스템(http://www.nl.go.kr/kolisnet)에서 이용하실 수 있습니다.(CIP제어번호 : CIP2015020631)

환몽과기(鰥夢寡記)

강 찬 수 역주

역락

머리말

『鰥夢寡記』는 樂隱 姜銓燮(1931-2004) 교수의 樂隱文庫에 소장된 1冊, 不分卷 형태의 筆寫本이다. 책명에서 나타내고 있듯이 홀아비와 과부 사이에 벌어지는 結緣 사건을 다룬 漢文本 夢幻小說이다.

본서는 1997년에 강현경 교수가 「『鰥夢寡記』에 대하여」라는 논문을 통해 문학적 분석과 평가를 해 학계에 처음으로 소개한 후, 이를 계기로 2000년 김흥규, 최용철, 장효현, 윤재민, 윤주필 교수가 共編한 「한국한문소설목록」의 '夢遊錄'條에 수록되었다. 2007년 강현경 교수는 「『寄夢軒集』의 작자 연구」에서 『鰥夢寡記』의 작자는 '咸陽府院君 崔光輝의 후손이며, 壬辰功臣이었던 崔克成의 八世孫'으로 乙酉年(1824년)에 태어난 인물이라고 고증하면서, 지금의 충청남도 서천지역에 해당하는 '西州郡 東部面 竹林里'에서 거주하는 중에 창작한 것이라고 주장하였다.

『鰥夢寡記』는 入夢 이전의 현실세계와 就夢 이후의 몽중세계, 覺夢 이후의 현실세계 등 세 영역 속에서 활동하는 주인공의 몽중체험이 사실감 넘치게 표현되었으며, 각몽 이후에 출현한 夢中之夢에 대한 작자의 논변은 참신한 철학적 인식을 일으키는 독특한 문장이라고 할 수 있다. 특히 몽중세계에서 주인공 홀아비와 이웃 과부 사이에 운우지정을 나누는 대목은 가히 중국의 『금병매』나 『옥루몽』 중의 노골적인 표현 수위를 훨씬 뛰어넘는 염정소설의 색채가 물씬 풍기는 성행위 묘사와 대화로 채워져 있다. 그러나 작자는 작품 후반부 각몽 후의 현실 속에서 '寄

夢軒 主人’의 꿈풀이(‘夢論’)를 통하여 ‘萬事皆夢’, ‘天下一夢’이라는 진지한 인생관을 작품의 주제로 전환함으로써 ‘色戒’의 사상 계도와 더불어 문학적 반전효과를 극대화하고 있다.

이 작품의 줄거리는 다음과 같다. 충청남도 서천 지역의 한 시골 마을에 술이나 퍼마시며 지내던 홀아비가 어느 날 한가로이 낮잠을 자다가 꿈을 꾸게 되었다. 꿈속에서 이웃 노인 집에 자식 딸린 과부가 들어와 사는 것을 알게 되었다. 홀아비는 이웃 노인이 과부와의 결연을 주선하지 않자, 직접 과부를 찾아가서 온갖 입담으로 수작을 걸어 마침내 합환주를 마시고 합방하기에 이르렀다. 첫날 밤 홀아비와 운우지정을 나누던 과부는 홀아비가 여색만 밝히는 무능한 남자임을 비로소 깨닫고, 스스로 정조를 버리고 홀아비에게 여생을 의탁하려 했던 것을 깊이 후회하다가 그만 혼절하고 말았다. 과부를 회생시키기 위해 의원을 찾아 나선 홀아비는 소나무 숲길에서 느닷없이 호랑이를 만났다. 호랑이가 홀아비의 음탕함을 크게 꾸짖으며 그에게 덤벼들자, 홀아비는 혼비백산하여 도망치다가 비명을 지르며 벼랑 아래로 떨어졌다. 놀란 가슴을 안고 깨어나 보니 허망하게도 낮잠을 청하던 그 전날 오후부터 다음날 辰時(오전 7시부터 9시 사이)에 이르는 시간 속에서 일어난 꿈속의 정황들이었다. 꿈속에서 겪은 과부와의 결연사건이 너무나 생생하고 아쉬워서 기몽헌 주인을 찾아가 그 허탈감을 토로하고, 그에게 꿈에 대한 심오한 해석과 논평을 듣게 되었다. 기몽헌 주인은 홀아비에게 소위 「萬夢歌」 45句와 함께 “당신이 나한테 묻는 것도 그저 꿈일 뿐만 아니라, 내가 당신에게 꿈을 얘기하는 것도 역시 꿈인 것입니다. 꿈으로 꿈을 묻고 꿈으로 꿈을 답변하고 있으니, 이것 또한 당신과 내가 주고받은 꿈 이야기이고 꿈풀이인 것입니다.”라는 내용의 夢論을 들려주었다. 기몽헌 주인은 홀아비의 요청으로 그의 몽중사건을 글(『鰥夢寡記』)로 기록하게 되었다.

이런 내용을 표현한 『鰥夢寡記』는 대부분 대화체 형식으로 이루어져 있는 것이 큰 특징인데, 그 속에서 벌어지는 상황 전개나 인물 묘사는 상당한 흥미로움과 생동감으로 넘쳐나고 있다. 아울러 장황하게 주고받는 대화 속에는 당시 민간의 사회풍속과 결혼 관념이 반영되어 있어서 19세기 사회상을 더듬어 볼 수 있다. 이 외에도 '부엌데기[富億德]', '세탁하다[洗踏]' 등과 같은 우리말의 한자표기방법이 사용되었다. 또한 "自問不知怎生好!", "烏能認得我來?"와 같은 近代 漢語의 어휘와 어법 현상을 찾아볼 수 있을 뿐만 아니라, 다양한 四字成語와 중국 典故가 담겨 있어서 우리나라 19세기 한문소설의 표현양상을 살펴볼 수 있는 귀중한 문헌 가치를 지니고 있다.

그런데 『鰥夢寡記』는 몽환소설로서의 독특한 문학성과 귀중한 문헌적 가치를 갖고 있음에도 불구하고, 아쉽게도 지금껏 학계의 관심을 받지 못했다. 이는 본서가 국내에 현전하는 唯一本이고, 지금까지 학계에 그 원문이 연구 자료로서 공개되지 않았기 때문이었다. 그래서 뒤늦게나마 선친 姜銓燮 교수의 遺志를 받들어 원본을 검토하고 影印 자료를 한데 묶어 출간하게 되었다. 이 과정에서 도서출판 역락의 이대현 대표와 직원들의 아낌없는 지원과 정성 어린 편집 작업이 있었음에 깊은 감사를 드린다.

본 번역본은 한문소설에 대한 현대어 번역에 주안점을 두었고, 교감된 내용과 해석상의 특이사항에 대해서는 각주를 통해 설명을 덧붙여 일반 독자가 쉽게 읽을 수 있도록 하였다. 또한 부록에는 강현경 교수의 논문 두 편을 수록하여 연구자의 이해를 돕고자 하였다. 學界 諸賢의 아낌없는 指正이 있기를 기대한다.

▌차 례

鰥夢寡記

『鰥夢寡記』
원문—현대어 역

원문 판독

[1a] 南湖之濱, 西林之野, 有一鰥夫, 自號醉傖. 白晝無聊, 黃孀多情, 藉草枕闞, 直伸兩脚. 摩腹而臥, 臥輒齁齁然睡, 無人喚醒. 直睡到日欲沒時.

自嗽自覺, 張拳欠呵, 聲如喑啞, 蹶然起坐, 垂頭若思, 咂口噍津, 喉渴如焚, 舌甛如飴, 酒思如泉之方湧而莫可阻遏, 自問, "酒家何處在?", 一步出門, 勢如脫兎.

隣翁倚扉, 穉兒傍立.

현대어 역

[1a] 남호(南湖)의 강가 근처에 있는 서림(西林) 들녘에 자신을 술주정뱅이라고 부르는 홀아비가 살고 있었다.

그는 대낮에 무료함이 몰려들자 낮잠을 청했다. 풀덤불을 베고 두 다리를 쭉 뻗은 채 배를 어루만지며 눕더니 이내 후후 코를 골며 잠들었다. 깨우는 사람이 없으니 날이 어두워질 무렵까지 내내 잠에 빠져 있었다.

잠시 후 헛기침하며 잠에서 깨어났다. 몸을 일으켜 기지개하며 벙어리 소리를 내듯 하품을 해댔다. 벌떡 일어나 앉아 무슨 생각이라도 하듯 머리를 숙이는가 싶더니, 입맛을 쩝쩝 다시다 침을 꿀꺽 삼켰다. 목구멍은 불이 난 듯 갈증이 나는데, 혀끝에는 엿을 먹은 것처럼 단맛이 감돌더니 이내 샘물처럼 솟구치는 술 생각을 떨칠 수 없었다. "술집이 어디에 있더라?" 하며 혼자 중얼거리더니, 도망치는 토끼처럼 한 걸음으로 대문을 나섰다.

때마침 이웃집 노인이 사립문에 기대어 있고, 그 옆에는 한 아이가 서 있었다.

◎ 원문 판독

[1b] 鰥回身前問, 曰, “此兒何來, 我未嘗見.” 翁笑而不答. 鰥復連問, 翁終不隱, 指兒而言, 曰, “此兒之孃, 孤寡無依, 吾憐其情, 率留于家.” 鰥哈哈笑, 曰, “是翁好意, 將有後祿. 寡年幾何?” 翁曰, “青春, 尤可憐.” 鰥曰, “雖甚可憐, 如果改適, 庶不負此青春.” 翁曰, “是在他志, 人何勸沮.” 鰥曰, “唯唯.” 欲言還止, 逡巡而退.

行行前村, 入此家而一盃, 又彼家而一盃, 一盃一盃, 不

◎ 현대어 역

[1b] 홀아비는 몸을 돌려 그 앞으로 다가갔다.

“어디서 온 애요? 예전에 보지 못하던 아이네요.”

노인은 웃기만 할 뿐 아무 말도 하지 않았다. 홀아비가 연거푸 물어대자 노인은 더 외면하지 못하고 아이를 가리키며 말했다.

“이 애의 어미가 혼자되어 의지할 곳이 없다는구먼. 그래서 내 그 사정을 불쌍히 여겨 우리 집에 데리고 가서 머물게 했네.”

홀아비는 소리 내어 웃으며 물었다.

“어르신 뜻이 참 훌륭하십니다. 복 많이 받으시겠어요. 그런데 그 과부는 몇 살이나 되었어요?”

노인이 대꾸했다.

“청춘 신세인 게 더 안됐어!”

홀아비가 말했다.

“참 딱하게 됐네요. 하지만 개가만 하면 청춘 따위는 걱정거리도 아니죠.”

노인이 말했다.

“그러는 데에는 남다른 생각이 있을 터, 옆에 있는 사람들이 어떻게 하라 말라 할 수 있겠는가?”

홀아비는 몇 번이나 “예, 예…….” 하며 하려던 말을 멈추고 주저주저하더니 이내 몸을 돌렸다.

홀아비는 앞마을을 향해 갔다. 이 집에 들어가 한잔 하고 저 집에 들어가 한잔 하며 연거푸 술을 마셨지만 취하지 않았다.

◎ 원문 판독

[2a] 能成醉, 拉張三而連倒, 挽李四而數巡, 慣面之少媼, 强勸人情之酌, 知心之長者, 優分春風之觴. 飮籌旣多, 枵腹果然, 紅潮漲面, 愚氣衝天, 大呼小喝, 虛唾亂作. 一步高一步低, 平地忽然崎嶇, 自口問自口答, 白晝如逢魍魎, 頭指東而脚西, 家在邇而路遙, 言當恭則聲微難聞. 人忤則目瞪直視, 或罵或詬, 似狂似癡. 平日記存于心者, 托醉披露, 又復非假

◎ 현대어 역

[2a] 사람들을 끌어안고 엎치락뒤치락하는가 싶더니 또 잡아끌며 빙빙 돌았다. 그리고 낯익은 아낙네들에게는 억지로 인정 넘치게 술잔을 권하고, 제 마음 알아주는 어른들께는 조심조심 춘풍과 같이 살 부드럽게 술잔을 건넸다.

술잔이 늘어나니 굶주렸던 배가 불러오고 얼굴에는 발그레한 술기운이 가득했다. 허세 충천하여 "술이 아직 멀었어!"라고 고함치며 제멋대로 침을 내뱉었다. 평지가 갑자기 울퉁불퉁해진 것 같이 발걸음이 오르락내리락했다. 또한 마치 대낮에 도깨비에게라도 홀린 듯 혼자 자문자답했다. 머리는 동쪽을 가리키면서 발걸음은 서쪽으로 향해 가자니, 지척인 집이 까마득하기만 했다. 공손히 말할 때는 들리지도 않게 작은 목소리로 하다가도, 다른 사람이 못마땅하다는 듯 쳐다볼 것 같으면 미친 사람처럼 눈을 부릅뜨고 빤히 흘기며 욕지거리를 해댔다. 또한 평소 마음에 담아두었던 일들을 술김에 한껏 내뱉어대며 연신 시비를 걸었다.

◎ 원문 판독

[2b] 非眞. 人勸飯而不喫, 啄烟袋而頻燒, 神迷亂而輒頹, 臭馨香而彰聞, 鼻雷殷於木頭. 秋夜長而未央, 酒將醒而渴急, 飮數椀之冷水. 紙窓風嘯, 土壁霜凝, 多年布被, 寒如鐵, 半壁殘燈, 翳復明. 長吁一聲, 寸腸欲絶. 昔日之歡緣春夢難憑, 瞥眼之遇艶, 癡想如結. 寵左拳, 如溫柔鄕,[1] 苟且一時之樂, 恃右隣, 若親戚家, 深功來頭之望. 轉輾反側, 商量千萬.

鷄旣鳴而日漸曙, 面目腫噲, 頭

◎ 현대어 역

[2b] 사람들이 밥 좀 먹으라고 해도 듣지 않고 담뱃대를 두드리며 불만 붙여대더니, 정신이 어찔한 듯 이내 거꾸러졌다. 술 냄새가 멀리까지 진동하고, 드르렁드르렁 코 고는 소리는 바람결에 나무 우는 소리처럼 요란했다.

기나긴 가을밤, 날이 밝으려면 아직 한참 있어야 했다. 술이 깨려는 듯 심한 갈증이 밀려오자 냉수 몇 사발을 들이켰다. 창문 틈새로 바람이 술술 들어오고 흙벽에는 성에마저 끼어 있었다. 몇 년 동안 덮었던 베 이불은 쇠붙이같이 차갑고, 반쯤 허물어진 벽 한쪽 구석에는 등잔불만 가물거리고 있었다. 긴 한숨을 몰아쉬고 나니 간장이 끊어지는 듯했다. 지난날의 환연(歡緣)과 춘몽(春夢)에 더 기댈 수 없던 상황인지라, 잠시 잠깐 낮에 맞닥뜨린 과부에 대한 부질없는 염정이 좀체 사그라지지 않았다. 마치 온유향(溫柔鄕)처럼 친구들을 아꼈던 것이 한때의 부질없는 즐거움을 위해서라면, 친척들처럼 이웃에 의지했던 것은 그들이 자기를 위해 큰일을 해 줄 것이라는 기대에서 그렇게 했던 것이건만……. 몸을 뒤척이며 이런저런 생각에 잠겼다.

먼동이 서서히 밝아오고 있음을 알리는 닭울음 소리가 들려왔다. 얼굴은 퉁퉁 붓고,

---

1) 온유향(溫柔鄕) : 사랑의 보금자리, 홍등가 또는 술집.

원문 판독

[3a] 鬢闒茸.[2] 訪知己訴懷私, 央浼百方, 乞憐萬端. 人不耐苦, 述其意於隣翁. 翁曰, "否否. 吾不關於此事, 何容喙於其間." 人以翁言, 回傳于鰥, 鰥曰, "置置. 村漢皮裏, 加有千葉[3]一部. 彼厭吾貧困破落, 有此托辭, 甚用可惡. 吾將自往, 發落成否."

遂造翁門, 見翁而言, 曰, "曠夫怨女, 隔籬而居, 不能成耦, 則實非使聞他隣者也. 蔽一言曰年紀相敵, 門戶相當, 各自不必他求. 翁須從中

현대어 역

[3a] 머리카락은 형편없이 흐트러져 있었다. 친한 친구들을 찾아가 제 속사정을 털어놓으며, 온갖 처량한 신세를 구걸하는 소리를 해댔다. 사람들은 그가 귀찮게 하는 것을 더는 참을 수 없어, 이웃 노인에게 그의 속사정을 얘기했다.

노인이 말했다.

"아니 될 말이오. 난 이런 일에 관여치 않겠소. 그 사람들 사이에서 무슨 입방정을 떨라고."

사람들이 노인의 말을 다시 홀아비에게 전하자, 홀아비는 이렇게 말했다.

"쯧쯧, 살가죽 속에 천엽(千葉) 한쪽 더 붙어있는 촌사람이구먼! 저 양반 내가 빈곤하게 몰락한 꼴이 미워서 그런 핑계만 대는 게지. 에잇, 구역질 나! 내 직접 찾아가 가부를 따져야겠소!"

이윽고 노인 집 앞에 가서 노인을 만나 말했다.

"홀아비와 과부가 울타리를 사이에 두고 사는 데도 서로 짝을 이룰 수 없다고 하셨다죠? 이건 정말 다른 이웃에게서 들을 소리가 아니네요. 한마디로 말해 나이도 서로 잘 맞고 집안 사정도 엇비슷한데, 왜 서로 또 다른 데서 찾아야 합니까? 어르신께서는 언행이나 똑바로 하시고,

---

2) 탑용(闒茸) : 비루하고 불량함.
3) 천엽(千葉) : 소나 양 따위 되새김질을 하는 동물의 세 번째 위.

◎ 원문 판독

[3b] 正,[4] 言無見推托." 翁心甚苦之, 而不欲迫隘拒絶, 回嗔作笑曰, "他人緣簿, 上事吾不欲與議, 君自量行, 無干于我." 鰥曰, "無梯之樓, 何以攀登?" 翁曰, "登不登在君, 吾何能爲梯?" 鰥心知翁意之冷寞, 麤氣乃發, 不顧而唾曰, "翁言是矣."

遂窺戶而呼曰, "寡氏! 寡氏! 隣居鰥夫, 請見陳所懷." 寡聞此呼, 羞愧且患, 噤口不答. 鰥見其不答, 連呼不絶, 聲聞一里. 寡忍不能住, 推戶大罵, 曰, "隣居鰥

◎ 현대어 역

[3b] 딴 핑계랑 끌어대지도 마세요!"

노인은 속으로 이 상황이 탐탁지 않았지만, 억지로 막거나 거절하고 싶지도 않았다. 화를 내려다가 피식 웃으며 말했다.

"그 사람과는 아무 인연도 없거니와, 다 지나간 일에 대해서는 내 자네와 의논하고 싶지도 않으니, 자네 혼자 잘 알아서 하게. 나한테는 부탁하지 말게! 나와는 관계없는 일이니."

홀아비가 대꾸했다.

"사다리도 없이 누대를 어떻게 기어 올라갑니까?"

노인은 말했다.

"올라가고 말고는 다 자네에게 달린 게지. 내가 왜 사다리 노릇을 해야 하나?"

홀아비는 노인이 내심 냉담하게 여긴다는 것을 알고 있었지만, 욱하는 성미에 뒤도 돌아보지 않은 채 침을 내뱉으며 대꾸했다.

"어르신 말씀이 맞습니다!"

그러면서 집안을 들여다보며 소리쳤다.

"과부댁, 과부댁! 이웃에 사는 홀아비요. 우리 만나서 속 얘기나 해봅시다!"

---

4) 중정(中正) : 한쪽으로 치우치지 않음.

과부는 이런 외침을 가만히 듣고 있으려니 창피하기도 하고 걱정도 되어 입을 꽉 다문 채 대꾸하지 않았다. 홀아비는 그녀가 대답하지 않자 연거푸 소리쳤다. 그 소리가 십 리 밖에서도 들릴 듯했다.

과부는 더 참지 못하여 문을 밀치며 큰 소리로 욕했다.

"이웃에 사는 홀아비가 뭐 하는 사람인데,

◎ 원문 판독

[4a] 夫, 何爲者, 寡婦門前, 撒癲狂? 寡婦不是爾家人, 亂叫寡婦做甚么? 寡婦雖云無主之物, 欲守苦節, 天亦末如, 爾何敢如此大膽乎?" 鰥亦厲聲, 曰, "寡婦雖云無主之物, 得鰥夫則爲有主之物, 獨自守苦節, 何如享甘樂? 陰陽相包, 離之不能, 天地之道也, 萬物之理也. 么麽寡婦,[5] 逆天違理, 殃必及之. 不知慮此, 反責人爲? 自稱守節, 尤爲齒冷. 節果堅守不改, 則旌門將立耶?[6] 職

◎ 현대어 역

[4a] 과붓집 문 앞에서 이런 미친 짓이오? 이 과부가 당신 마누라도 아닌데, 함부로 불러내어 뭐하자는 거요? 과부가 비록 임자 없는 몸일지언정 굳게 절개를 지키겠다고 하면 하늘도 어쩌지 못하는 법이거늘, 당신은 어찌 이리도 대담하시오?"

홀아비는 다시 화난 목소리로 외쳤다.

"과부가 비록 임자 없는 몸이지만, 이 홀아비를 얻으면 임자 있는 몸이 되지 않겠소! 혼자 수절하겠다고만 하면, 어떻게 그 달콤한 즐거움을 누리겠소? 음양은 서로 감싸고 있어 떨어질 수 없는 것이 천지의 법도이자 만물의 이치라오. 가녀린 과부가 이런 하늘의 이치를 어기면 재앙이 찾아들게 마련인데, 이런 것도 헤아리지 못하면서 오히려 사람을 나무라시오? 제 입으로 수절한다 하니 더욱 기가 막히는구려! 끝까지 절개를 지키면 열녀문이라도 세워준답디까? 아니면 직첩이라도 내려준답니까?

5) 요요(么么) : 미세한 모양을 가리킴.
6) 정문(旌門) : '旌表門閭'의 줄임말. 조정에서 충효의 절개가 높은 사람의 선행을 표창하기 위해 대문에 편액을 달거나 문 앞에 '패방(牌坊)'을 세운 문.

◎ 원문 판독

[4b] 帖將下耶? 只如失侶之鴛鴦, 離群之鵁鷺, 人或憐之, 其憐何恃? 人或稱之, 其稱何榮? 百年電忙, 一生泡幻, 虛老青春, 歸臥北邙, 空山寂寞之中, 杜鵑啼, 月黃昏, 誰吾子而呼寡氏, 何蟻雛而慕寡氏? 寡氏年芳而姿艶, 鰥吾氣壯而體健, 欲選良匹, 捨我其誰? 接旗鼓而酣戰, 知將軍之武藝. 且以人器論之, 我國八方三百州, 英雄氣像孰吾儔? 佳人夜夢分明

◎ 현대어 역

[4b] 그저 짝 잃은 원앙새, 무리 떠난 백로 신세라오. 남들이 혹여 가엾게 여겨준다 한들 어찌 그런 인정에만 기댈 수 있겠소? 남들이 칭송한다 한들 그게 뭐 그리 영광스럽겠소? 백 년 세월이 번개처럼 지나가고 한평생이 물거품같이 흩어져버린다오. 청춘을 허망하게 보내다가 늙어 북망산천으로 돌아가 누워 있으면, 적막한 산속에서 두견새 울어대고 달빛이 흐를 때 어느 친한 사람이 당신을 불러주기나 하겠소? 또 무슨 개미나 날짐승 같은 하찮은 미물이 당신 생각을 해주기나 하겠소? 당신은 아직 젊은 나이에 자태도 곱고, 또 이 사람은 기운이 넘치고 건장하잖소! 좋은 배필을 얻고자 한다면, 나 말고 또 누가 있겠소? 깃발과 북소리를 접하고 한참 격전을 치르다 보면, 장군의 무예를 알게 되는 법이오. 그리고 사람의 아량으로 말할 것 같으면, 우리나라 팔방 삼백여 고을의 영웅 기상을 지닌 사람 가운데 누가 나를 대적할 수 있겠소? 한밤에 좋은 짝이 되어 꿈속에서 만나는 것도 좋고,

◎ 원문 판독

[5a] 好, 一段知心說話酬. 聞說寡氏性又明慧, 何不對我一言決, 空將鱉氣[7]惱殺[8]人?"

寡聽畢, 知不可以正理拒之, 又恐遭强暴之辱, 心生一計, 軟語以報, 曰, "欲議人倫大事, 不可站門鬧聒. 旣承面決之敎, 請屈內當而從容!" 鰥聞此語, 如奉玉皇勅命, 掀鼻捲吻, 低笠捉襟, 咳嗽而入, 皃似鄭重.

寡熟視上下, 良久始言, 曰, "鰥夫寡婦之求逑, 雖非正禮之婚姻, 亦有媒妁然後可成體

◎ 현대어 역

[5a] 서로 벗 삼아 얘기 한 대목 나누는 것도 좋겠소. 듣자하니 당신은 성품도 밝고 지혜롭다고 하는데, 어찌 나한테는 말 한마디도 트지 않고 공연히 사람 답답하게 괴롭히는 게요?"

이 말을 들은 과부는 적당한 이유를 들어 그의 요구를 거절하는 것이 어렵겠다고 생각했다. 또한 억지로 능욕을 당할까 두려운 마음마저 들었다. 그래서 한 가지 계책을 떠올리며 부드러운 목소리로 말했다.

"인륜 중의 큰일을 논하자고 하면서, 문간에 서서 시끄럽게 떠들면 안 되지요. 얼굴이나 보면서 결정하자고 하셨으니, 조용히 집안으로 들어와서 말씀하시지요."

이런 말을 듣게 되자, 홀아비는 마치 옥황상제의 명이라도 받아든 것 같았다. 코를 벌룽거리고 주둥이를 삐쭉 내밀면서, 갓도 내려 쓰고 옷깃도 여미며 헛기침하고 들어가는데 그 표정이 꽤나 정중해 보였다. 과부는 그 사람을 위아래로 자세히 살펴보다가 한참 지나서야 겨우 말을 꺼냈다.

"홀아비와 과부가 짝을 만나는 것이 비록 정상적인 혼인은 아니라 해도, 매파가 있어야 체면이 서겠지요.

---

7) '별기(鱉氣)'는 '별기(憋氣)'를 오기한 것으로 보임. 마음속에 억누르며 겉으로 표출하지 않은 분노.

8) 뇌살(惱殺) : '뇌살(惱煞)'이라고도 씀. '殺'은 어조사로서 정도가 심함을 표시함.

◎ 원문 판독

[5b] 面. 今君排闥直入, 如呼使喚, 世豈有是法禮? 據此以觀, 君必喪性之人也. 如我醜婦, 亦有肚腸,[9] 雖溝壑之在, 卽不願見此無良也." 鰥曰, "寡氏知其一, 未知其二. 俗言道, '寡婦之恨, 寡婦知之', 鰥夫亦与寡婦一般, 辛苦情味, 凄凉景光, 有誰知之, 有誰憐之? 鄰有可媒之人, 言辭非不華贍, 而不欲爲我緩頬, 行媒妁而結緣姻, 則方再生而可議. 豈此世之擬望? 如拘小節, 難成

◎ 현대어 역

[5b] 그런데 당신은 지금 문을 밀치고 쑥 들어와서는 마치 심부름꾼 찾듯이 소리쳐대니, 세상에 어찌 이런 법도가 있어요? 이것만 봐도 필시 당신은 제정신이 아니네요. 나처럼 못난 년도 다 제 생각이 있다오. 비록 물구덩이에 빠졌다 해도 이런 양심 없는 자는 거들떠보기도 싫어요!"

홀아비가 말했다.

"당신은 하나만 알고 둘은 모르는구려. 속담에 과부 심정은 과부가 안다고 했소. 홀아비 신세도 과부와 똑같소. 그 씁쓸한 마음과 처량한 모습을 어떤 이가 알아주며 불쌍하다 하겠소? 이웃 중에 중매해 줄 사람이 있기는 한데, 말주변이 없는 것도 아니면서 내게는 살 부드럽게 대해주질 않는다오. 그런 중매쟁이를 시켜 인연을 맺으려면, 다시 태어나야 겨우 의논해 볼 수 있을 테니 어떻게 이생에서 희망을 품겠소? 사소한 규범에 얽매이다 보면 큰일을 해내기 어렵다오.

---

9) 두장(肚腸) : 마음가짐, 생각.

◎ 원문 판독

[6a] 大事. 且夫鰥與寡之相耦, 非人間之異事. 兩顔相對, 決定可否, 不勞紹介, 亦極光明. 故乃敢妄率, 幸垂諒恕!"

寡曰, "看君七尺堂堂, 四大無恙, 不幸鰥居, 踽涼可悶, 胡爲乎以隣里之好, 而不肯爲一言之助耶? 事有蹺蹊,[10] 瞞不我過. 且此姑舍, 我將問君, 君宜無隱! 君有家乎?" 曰, "有." "椿萱[11]俱慶乎?" 曰, "只有老慈在堂. 然而寡氏之問, 先家而後親, 無

◎ 현대어 역

[6a] 그리고 홀아비와 과부가 서로 짝이 되는 것이 사람들 사이에 뭐 그리 괴이한 일도 아니지 않소. 우리 두 사람만 얼굴을 맞대고 가부를 결정하면, 중매쟁이를 수고롭게 하지 않아도 매우 떳떳할 것이오. 그래서 내가 경망스럽게 굴었던 것이니 용서하시오."

과부가 물었다.

"보아하니 당신은 7척이나 되는 키에 체격도 당당하고 사지도 멀쩡한데, 불행히도 홀아비 신세가 되어 적적하게 살았으니, 고생 꽤 했겠네요. 그런데 어째서 그 좋다는 이웃들이 당신을 위해 한마디 말도 거들지 않나요? 후다닥 일을 치르려 하니 참 이상하군요. 날 속여 구렁텅이에 빠지게 할 것 같네요! 이런 건 다 그만두더라도, 내 좀 물어볼 것이 있군요. 숨기지도 말고 거짓말도 하지 마세요! 당신은 집이나 있으시오?"

"있지요!"

과부가 또 물었다.

"부모님은 모두 살아계시나요?"

"어머니만 살아 계시요. 그런데 당신은 먼저 집이 있느냐고 묻고 나중에 부모님이 살아 계시냐고 물으니,

---

10) 교혜(蹺蹊) : 이상하다, 의심스럽다.
11) 춘훤(椿萱) : 춘당(椿堂)과 훤당(萱堂). 주로 남의 부모를 높여 일컫는 말.

원문 판독

[6b] 乃失其輕重耶?" 寡曰, "好笑, 好笑! 君非讀書識理之人也? 人無家舍, 祭祀烝嘗, 將何設行? 父母妻孥, 將何奉率? 風雨攸際, 神人共宅, 問安得不先?" 鰥不覺舌吐, 斂衽而謝, 曰, "寡氏之言, 有義有理. 雖古達權[12]之士, 無以過此, 可驚可欽. 鄙人魯莽央對, 萬望休責."

寡又問曰, "鴈有幾行?" 曰, "上有一兄, 奉侍慈闈." 曰, "膝下男女幾人?" 曰, "往歲多産, 隨産隨化, 見無

현대어 역

[6b] 이는 일의 경중을 헤아리지 못한 게 아니오?"

과부가 대꾸했다.

"허허! 당신은 글공부해서 세상 이치 좀 안다는 사람 아닌가요? 사람이 집 없으면 조상 제사는 어디서 모시죠? 또 부모님과 처자식은 어디서 데리고 살죠? 비바람 속에 귀신과 사람이 함께 살 곳인데, 어떻게 먼저 묻지 않겠어요?"

홀아비는 자기도 모르게 혀를 내밀고 옷깃을 바로 하며 사과했다.

"당신 말에도 일리가 있소. 옛날 권도에 통달했던 분들도 이 문제를 간과하지 않으셨는데, 그저 놀랍고 존경스럽소. 이 못난 사람이 경망스럽게 굴었으니 꾸짖어 주시게!"

과부가 또 물었다.

"형제 중에 몇 째요?"

"위로 형이 한 명 있는데, 그 형이 어머니를 모시고 있소."

"슬하에 자녀는 몇이나 되죠?"

"이전에 많이 낳았는데, 낳는 대로 죽어서 지금은 하나도 남아 있지 않소.

---

12) 달권(達權) : '경달권변(經達權變)'의 줄임말. 처지나 형편에 따라 알맞은 수단을 취함.

◎ 원문 판독

[7a] 一存. 數運奇窮, 尤所傷痛."曰, "貴庚幾何?" 曰, "己亥生, 今年三十五矣." 曰, "做何業?" 曰, "業, 業, 業何有常? 當文則文, 當武則武, 當農則農, 當工商則工商, 當賭博則賭博. 持心亦然, 當善則善, 當惡則惡, 當貪則貪, 當廉則廉, 當勤則勤, 當惰則惰. 惟酒一款, 心不能以自主, 直欲與爾同死生. 古之劉伶[13)] · 畢卓[14)] · 李太白[15)] · 賀知章[16)]輩, 吾視如後生也."

寡含笑問曰, "屋幾間?" 曰, "築土

◎ 현대어 역

[7a] 이 기구한 운명을 생각하면 마음만 더 아프오."

"몇 살이나 되셨지요?"

"을해(乙亥)년생이니, 올해 서른다섯 살이오."

"무슨 일을 하시나요?"

"일이라니? 지금 하는 일을 말하는 게요? 뭐 일정한 일이 있겠소. 문장을 짓게 되면 문장을 짓고, 무예를 익히게 되면 무예를 익히고, 농사일하게 되면 농사일을 하고, 뭘 만들어 팔아야 하면 만들어 팔고, 노름하게 되면 노름을 하는 게지요. 마음 씀씀이도 그러하다오. 선한 일을 하게 되면 선한 일을 하고, 나쁜

---

13) 유령(劉伶, 생졸년 미상) : 서진(西晉)시기 패국(沛國) 사람으로, 자는 백륜(伯倫). 위(魏)나라 말에 건위장군(建威將軍)을 지냄. 죽림칠현(竹林七賢) 가운데 한 사람으로 술을 좋아해 「주덕송(酒德頌)」을 지음.

14) 필탁(畢卓, 생졸년 미상) : 동진(東晉)시기 신채(新蔡) 동양(鮦陽) 사람으로, 자는 무세(茂世). 원제(元帝) 태흥(太興) 말에 이부랑(吏部郞)이 되었으나 너무 술을 즐겨 직분을 돌보지 않았고, 사랑(舍郞)에 술을 익자 훔쳐 마시다가 관원에게 붙잡혔다고 전함.

15) 이태백(李太白, 701-762) : 당(唐)나라 시인 이백(李白). 이백의 자는 태백(太白)이고, 호는 청련거사(靑蓮居士). 두보(杜甫)와 함께 '이두(李杜)'로 병칭되는 중국 최대의 시인이며, 시선(詩仙)이라 불리기도 함.

16) 하지장(賀知章, 659-744) : 당(唐)나라 월주(越州) 영흥(永興) 사람. 자는 계진(季眞) 또는 유마(維摩)이고, 별호는 사명광객(四明狂客) 또는 비서외감(秘書外監). 무후(武后) 증성(證聖) 원년(695)에 진사가 되어, 사문박사(四門博士)와 태상박사(太常博士)에 제수됨. 성격이 소탈하고 술을 좋아해 두보(杜甫)의 「음중팔선가(飮中八仙歌)」에서 호주인(豪酒人)으로 등장하기도 함.

일을 하게 되면 나쁜 일을 하고, 욕심낼 일이 있으면 욕심을 부리고, 청렴해야 할 일이 있으면 청렴하게 지내고, 열심히 일해야 하면 열심히 일하고, 게으름 떨 일이 있으면 게으름을 떨기도 하지요. 그러나 술에 있어서만은 마음먹은 대로 되지 않으니, 내내 이놈과 붙어살고 있지요. 그 옛날 중국의 유령(劉伶), 필탁(畢卓), 이태백(李太白), 하지장(賀知章) 같은 사람들을 다 내 후배처럼 생각할 정도지요."

과부는 웃음을 머금으며 물었다.

"집은 몇 칸이죠?"

◎ 원문 판독

[7b] 爲屋, 只一間而無餘." 曰, "曾前亦如此否?" 曰, "吾先君之在世, 盖造瓦家數十間. 斜廊・行廊・內庫・外庫, 四圍方正, 自成口字. 前圃後園, 蔬果百種. 四時需用裕如, 間或酬應于人. 馬廐・牛宮, 豕柵・鷄塒, 件件停當.[17] 打場寬敞, 聯十枷而無碍, 瀦澤深濶, 養衆魚而於牣.[18] 障水口而植柳, 綠陰菀於春夏, 自越路而遠望, 吾亦劇愛吾廬. 妝點旣好, 藏獲且足, 長雇奴兒家

◎ 현대어 역

[7b] "흙을 쌓아 지은 단칸 집 말고 다른 것은 없소."

"그전에도 그랬어요?"

"아버지가 살아계실 때는 기와 얹은 집이 몇십 칸이나 되었소. 사랑채, 행랑, 집안 창고, 바깥 창고가 사방으로 반듯하게 입 구(口)자로 둘러쳐져 있었소. 집 앞 텃밭과 뒤뜰에 백여 가지 채소와 과실을 심었었소. 사계절 써야 할 물품들이 풍족해서 이따금 사람들을 불러 대접하기도 했다오. 마구간, 외양간, 돼지우리, 닭장까지 모두 있었소. 곡식 타는 곳도 넓어 도리깨 열 개를 나란히 쳐댈 수 있었소. 깊고 넓은 웅덩이에는 여러 종류의 물고기를 키웠는데, 그 물고기들이 연못에 가득했소. 물 입구에는 버드나무를 심어 놓았는데 봄여름에는 녹음이 완연했소. 길 건너편에서 그런 풍경을 바라보고 있노라면 나도 우리 집에 푹 빠질 지경이었다오. 잘해놓고 살았을 뿐만 아니라, 풍족히 수확해 쌓아 놓기도 했다오. 한동안 하인들과 어린 종들이 각자 쉴 틈 없이 일을 도맡아 했고,

---

17) 정당(停當) : 사리에 맞음. '타당(妥當)'의 의미.

18) 어인(於牣) : '어인어약(於牣魚躍)'의 줄임말. '於'는 감탄사이고, '牣'은 '충만하다'는 의미의 동사임.

◎ 원문 판독

[8a] 僮, 各執役而無暇隙. 二八三七之富億德[19], 亦有數輩, 能嫻烹飪洗踏,[20] 又善應對使令. 秋收之時, 露積稻束, 上尖下圓, 其高數丈, 其積四處, 外庄所收, 或以本色,[21] 或以作錢, 人號我曰, '千石君'. 衣服器皿, 不似村人, 宮家待賓, 多從我借. 三時之飮食豐備, 隣婦盈廚, 一年之錢穀寬用, 窮交滿座. 繄! 我亡室, 仁厚善施, 同我心性, 擧當飯而食飢, 解着襦而衣寒. 至

◎ 현대어 역

[8a] 스물여덟에서 서른일곱 된 여러 부엌데기들은 음식이나 빨래도 잘하고 심부름도 잘했소. 추수할 때에는 고깔 모양의 볏단을 밖에 잔뜩 쌓아놓았는데, 여러 장(丈) 높이인 것들이 사방에 쌓여 널려 있었다오. 또 멀리 떨어진 전답에서 곡식을 수확하면 전부(田賦)로 현물을 받기도 하고 혹은 돈으로 받기도 했소. 그래서 사람들이 우리를 '천석꾼'이라고 불렀소이다. 의복이나 그릇도 동네 사람들이 쓰는 것과 달라 왕실의 귀족들이 손님을 대접할 때에는 우리한테 많이들 빌려 갔다오. 세끼 음식도 풍성해서 이웃집 아낙들이 부엌에 가득했고, 일년 동안 쓸 돈과 곡식이 넉넉해 빈궁한 친구들로 자리가 꽉 찼었소. 아! 내 죽은 마누라는 내 마음 씀씀이만큼이나 어질고 후덕해서 남에게 베풀기를 잘했다오. 먹을 것을 갖다가 배고픈 사람들에게 먹이고, 입고 있는 저고리도 벗어 추위에 떠는 사람들에게 입혔소.

---

19) 부엌덕(富億德) : 우리말 '부엌데기'의 한문표기임.

20) 세답(洗踏) : '빨래하다'의 의미. ≪청장관전서(靑莊館全書)≫권54「앙엽기(盎葉記)」의 '摩展'條('마전'조)에서는 "세속에서 옷 빠는 것을 세답(洗踏) 또는 마전(摩展)이라고 한다.(俗以洗澣衣帛, 爲洗踏, 又曰摩展.)"라고 적고 있음.

21) 본색(本色) : 당(唐)나라 때부터 청(淸)나라 때에 이르기까지 실물로 거둬들인 전부(田賦)를 가리킴.

원문 판독

[8b] 於婚姻初終,[22] 吉凶事, 奢而不儉, 僧巫倡[23]揎施給場,[24] 厚而不薄, 所以家計漸替, 幻若雲烟. 目前雖無倒揷錐子之地, 當年眼目, 尙不能改, 如干租包, 如干錢兩, 不欲區區置念也."

寡曰, "莫言夫子當年尊! 今日靑衣極可憐. 已往豪饒, 已屬先天, 將來契活, 何以爲策? 鰥夫單身, 雖云悲涼, 東家食而西家宿, 殘盃冷羹, 不費經營, 皈家未

현대어 역

[8b] 혼인이나 초종(初終) 장례 등의 길흉사에 돈을 아끼지 않았고, 스님이나 무당에게 시주하거나 광대에게 돈을 줄 때도 야박하게 굴지 않았소. 그래서 집안 살림이 마치 구름 연기처럼 점점 줄어들게 되었다오. 지금은 비록 송곳 꽂을 만한 땅 조각도 없지만, 그 당시의 안목이 아직도 바뀌지 않았는지 어지간한 볏가마니나 푼돈에 대해서는 구구히 생각하고 싶지도 않소."

"한때 잘 살았다는 말씀일랑 그만 하세요! 지금은 빈천한 꼴이 불쌍하기만 하네요. 왕년에 호사스럽고 풍족하게 지냈다는 것은 이미 다 지나간 일이지요. 앞으로 어떻게 대책을 세울 것인지 약조하겠어요? 홀아비로 혼자 사는 게 슬프고 처량하다고 하면서, 아무 데서나 먹고 엎어져 자느라 바닥난 술잔과 차디찬 국거리를 마련하는 데에는 신경도 안 썼지요?

---

22) 초종(初終) : 초상(初喪) 난 뒤부터 졸곡(卒哭)까지의 상례.
23) 창(倡) : '娼'자의 통용자. 고대 창희(唱戲)에 종사하던 사람.
24) 훤시급장(揎施給場) : 문설주에서 보시하거나 공연장에서 돈을 줌.

◎ 원문 판독

[9a] 聞廚下之置詈辭, 出門頓忘心中之煩惱. 一邊思之, 還是自在好身. 若只取夜間被窩中溫存, 不思日後身家[25]上累積, 追悔必多. 事不永完, 丈夫更事,[26] 自當熟計. 如我未亡之人, 命道險釁, 甫離襁褓, 父母見背, 依仰無他親屬, 寄養幸賴舅氏. 及笄而嫁, 二十遽寡, 三霜已過, 一息尙存. 今於楚猴渡江之年,[27] 反復沉船破釜. 閱盡風雨霜雪, 嘗遍辛苦

◎ 현대어 역

[9a] 또 집에 들어가서는 부엌에서 흘러나오는 잔소리도 안 듣고, 대문을 나와서는 마음속의 번뇌를 한순간에 잊으며 살았겠죠? 어찌 보면 그래도 제멋대로 사는 팔자 좋은 양반이시구먼! 그저 밤새 이불 속에서 따뜻하게 지내며 앞으로 재산 모아야겠다는 생각을 하지 않는다면, 반드시 후회 꽤나 하실 겁니다. 일이란 것이 항상 잘 되는 게 아니어서, 사내가 일을 할 때는 스스로 계획을 잘 세워야 하는 거예요. 과부 된 내 팔자도 기구하답니다. 포대기에서 기어 나올 때쯤 이미 부모님이 돌아가셔서 의지할 만한 다른 친척도 없었는데, 다행히 외삼촌께서 맡아 키워 주셨지요. 열다섯 살에 시집갔다가 스무 살에 갑작스레 과부가 된 뒤 벌써 삼 년이 지났고, 자식이 하나 있답니다. 지금은 중국의 항우(項羽)가 강을 건너며 패전하면 돌아오지 않겠다는 각오로 연신 제 배를 침몰시키고 가마솥을 부쉈던 것처럼 결연히 살고 있답니다. 그동안 온갖 풍상 속에 숱한 고생을 했어요.

---

25) 신가(身家) : 가재(家財) 또는 가산(家産).
26) 경사(更事) : 세상일을 경험함.
27) 초후(楚猴) : 초나라 항우(項羽)를 빗대 일컬음.

◎ 원문 판독

[9b] 酸鹹. 人生大都如夢, 我夢一何其噩? 青春誤時,[28] 毫無自惜之心, 長夜如歲, 斗[29]有不寤之願. 觸景無非傷情, 遇事自然解手. 人議再醮,[30] 如暴雷之臨頂, 驚膽欲破, 私念改適, 未烏梅之納口, 病齒先酸. 雖云白玉廊黃金屋, 錦繡帳鴛鴦枕, 享世間之富貴, 盡人生之滋味, 杳如彼乘, 心不可轉. 憐玆孤孩, 生肇[31]四歲, 顧腹[32]之方失宜, 提攜之所無地, 要不飢不寒,

◎ 현대어 역

[9b] 세상살이가 모두 꿈과 같다는데, 왜 난 내내 그렇게 사나운 꿈만 꾸는지……. 젊어서는 시간이 더디게 가도 대수롭지 않았는데, 요즘은 하룻밤이 일년처럼 길게 느껴져 홀연히 잠들었다가 아예 깨어나지 않았으면 합니다. 눈에 띄는 것마다 온통 마음에 상처를 주고, 하는 일마다 자연히 손에서 멀어지네요. 사람들이 개가(改嫁)하라는 얘기만 하면 마치 벼락이 정수리에라도 내리꽂힌 듯 간담이 놀라 터질 것 같답니다. 또한 이기심에 새로 시집이나 가야겠다는 생각이 들 때면, 시큼한 매실이 입에 들어가지도 않았는데 병든 치아가 먼저 시려오듯 합니다. 설령 백옥으로 꾸민 행랑과 황금으로 지은 집채를 마련하여 방안을 온통 비단 휘장과 원앙 베개 등으로 채워 넣고 세상 부귀를 다 누리며 사람사는 재미를 맛보게 된다 해도, 이런 것들은 까마득한 마차처럼 멀게만 느껴질 뿐 내 마음을 되돌리지 못하더이다. 이 아비 잃고 가엾은 아들놈은 생후 네 살만에 부모의 보살핌도 제때 받지 못하더니, 함께 살만한 곳도 없었답니다. 또한 배고픔과 추위에서 벗어나려 해도 별다른 방도가 없었어요.

---

28) 오시(誤時) : 시간을 지체하다, 때를 놓치다.
29) 두(斗) : 갑자기, 돌연.
30) 재초(再醮) : [옛말] 과부가 재가하다.
31) 조(肇) : 최초, 이제 막.
32) 고복(顧腹) : 부모가 자식을 항상 보살펴 기르는 것을 가리킴. ≪시경(詩經)・소아(小雅)・육아(蓼莪)≫ 중의 "아버지는 나를 낳으시고 어머니는 나를 기르시되……를 돌보시고 나를 반복하여 돌보시며 들며 나며 나를 안아 주셨네.(父兮生我, 母兮鞠我,……顧我復我, 出入腹我.)" 참조.

◎ 원문 판독

[10a]又無計無策. 及其嗅傍舍之炊香, 呼媽媽索飯, 遇隣人之貌類, 認爺爺而覓飴. 聞已刺骨, 見亦銷魂.[33] 舐犢之情歸虛, 殺猪之問何實?[34] 人人心頑, 不憐失怙嬰, 處處計秘, 輒號懸疣之寡. 怒不敢言, 知不能倸,[35] 心自羞涉,[36] 氣漸沮喪. 節交之臘, 寒凝冰雪, 頹壁破窓, 北風此霄, 冷突[37]薄衾, 南柯何夢? 幾兩膝之入鼻, 宛[38]一蜎之曲躬. 如當敬事, 戰戰兢兢業業, 若

◎ 현대어 역

[10a] 옆집에서 흘러나오는 밥 짓는 냄새라도 맡게 되면 엄마를 찾아대며 밥 달라 하고, 제 아비와 비슷한 이웃이라도 만나게 되면 "아버지, 아버지!" 하며 먹을 것을 내놓으라고 하는 거예요. 그 소리를 들을 때마다 내 뼛속까지 사무치게 아프고, 그런 모습을 볼 때마다 너무 가슴이 아파서 넋이 빠져버리기도 했지요. 그러나 어미 소가 제 새끼를 핥아주는 마음이 거짓된 것이라면, 그 옛날 증자(曾子)의 아내가 배고파서 우는 자식에게 '돼지 잡아줄까?'라고 물었던 것이 어찌 진짜라고 하겠어요? 사람들은 아비 잃은 어린애를 가엽게 여기기는

---

33) 쇄혼(銷魂) : 슬퍼서 혼이 사라지다.

34) 살저지문(殺猪之問) : ≪예기(禮記)≫의 「증자살체(曾子殺彘)」에 나온 고사. "증자의 처가 시장에 갔는데, 그 아들이 그녀를 따르며 징징거렸다. 아내는 '너는 돌아가거라. 내가 돌아와서 너를 위해 돼지를 잡아주겠다.'라고 말했다. 아내가 시장에서 돌아오자 증자는 돼지를 잡아 죽이려고 했다. 아내가 증자를 말리며, '그저 어린애와 더불어 농담을 했을 뿐입니다.'라고 말했다. 증자는 '어린애에게는 농담을 하면 안 되오. 어린애는 지각이 있지 않아 부모를 따라 배우게 되오. 부모의 가르침을 따르거늘 이제 그대가 아이를 속이면 이는 자식에게 속임을 가르치는 것이요. 어미가 자식을 속이면 자식이 그 어미를 믿지 않을 것이니 가르침을 이루는 방법이 아닙니다.'라고 하며, 돼지를 잡아 삶았다.(曾子之妻之市, 其子隨之而泣. 其母曰, '汝還,顧反爲汝殺彘.' 妻适市來, 曾子欲捕彘殺之. 妻止之曰, '特与嬰儿戲耳.' 曾子曰, '嬰儿非与戲也. 嬰儿非有智也, 待父母而學者也, 听父母之教. 今子欺之, 是教子欺也. 母欺子, 子而不信其母, 非所以成教也.' 遂烹彘也.)" 참조.

35) 채(倸) : '睬'자의 통용자. 말대꾸하다, 응대하다.

36) 수섭(羞涉) : '涉'자는 '澀'의 필획을 줄여 쓴 것으로 보임.

37) 냉돌(冷突) : 불을 피우지 않은 굴뚝.

38) 완(宛) : 마치 ~같다.

커녕, 곳곳에서 음흉한 생각이나 하며 나를 혹 달고 다니는 과부라고 불렀지요. 화가 났지만 알면서도 대꾸할 수 없다 보니, 저 자신이 부끄러워 점점 풀이 죽는 거예요. 절기가 바뀌어 섣달이 되면 빙설이 얼어붙고 방 벽은 허물어졌으며 창문은 깨져 있었지요. 북풍이 몰아치는 밤에는 불도 못 지핀 굴뚝 아래에서 얇은 이불로 지냈어요. 그러니 어떻게 헛된 꿈을 꿀 수나 있었겠어요? 두 무릎을 거의 코밑까지 굽히고서 마치 고슴도치가 몸을 웅크리듯 잠을 잤지요. 공경스럽게 떠받들 일이라도 맞닥뜨린 것처럼 전전긍긍하고,

◎ 원문 판독

[10b] 遭怕境, 恐恐惴惴栗栗. 兒遍身而冰冷, 聲不出而不啼, 裹鶉襁而緊抱, 呵龜手[39]而頻摩. 旣吾生之可哀, 又兒命之極矜, 訴彼天而蒼蒼, 抱此恨而綿綿, 淚絲絲而無從, 腸寸寸而欲斷, 良豈人之暇懷, 可此境之奈何? 引菜刀而刎頸, 套稾索而吊項, 不是難辦之事, 而顧此一塊血肉, 天之所生, 夫之所屬也. 一朝失我, 殘命難保, 冀天或佑, 負夫何忍? 含

◎ 현대어 역

[10b] 무서운 상황이라도 만난 것처럼 근심하며 덜덜 떨곤 했답니다. 아이는 온몸이 얼음장처럼 싸늘한데 말도 못하고 울지도 못했지요. 다 낡아빠진 포대기에 그 어린 것을 꼭 싸안은 채 얼어 터진 손을 입김 불어 비비다 보면, 내 인생도 슬프고 아이 운명도 가련하기만 했답니다. 저 하늘에다 하소연해도 그저 하늘은 아득하기만 하였고, 끝없는 한탄만이 밀려들었지요. 눈물이 하염없이 줄줄 흘러내리고, 창자가 마디마디 끊어지는 것 같았답니다. 정말이지 제가 이러는 걸 어떻게 괜한 생각한다고 하겠어요? 어쩌다 이 지경이 되었는지……. 부엌칼로 목을 베거나 새끼줄로 목을 매달아 죽는 게 어려운 일도 아니건만, 돌이켜보면 이 한 점 혈육은 하늘이 내려준 지아비의 자식이지 않겠어요? 하루 아침에 어미를 잃고 나면, 그 남은 목숨마저 보전하기 어렵겠지요. 그러니 행여나 하늘이 보살펴주시길 바랄 뿐, 어떻게 지아비를 저버리겠어요?

---

39) 구수(龜手) : '龜'자는 '皸'자의 통용자. 얼어 갈라진 손등의 피부.

◎ 원문 판독

[11a] 冤茹[40]痛, 捱日過時. 主翁心慈, 另憐我情, 借以一間房子, 安頓我母雛, 庶免凍餧, 感浹骨髓, 惟圖手足胼胝, 以報翁恩之萬一. 迨暇自計, 撫養此兒, 幸其成長, 溘然長逝, 見先夫於泉下, 道在世之吃苦, 心以此而堅持, 斷斷乎其靡他. 隣里之人未知我爲何人, 我自何來, 只見我寡年少, 影形之際, 妄相議度, 以致君據門呼, 視我蔑如, 若聲聲

◎ 현대어 역

[11a] 그저 원통한 심정을 안고 고통을 참아내며 세월만 보내는 것이지요. 주인댁 영감님은 마음씨가 인자하신 데다 제 사정을 가엾게 여겨 방 한 칸을 빌려주셨어요. 우리 모자가 추위와 굶주림을 가까스로 모면하고 편안히 지내게 되었으니, 감사한 마음이 뼈에 사무칩니다. 오로지 손발이 터지도록 열심히 일해 영감님께서 베풀어 주신 은혜에 만분의 일이라도 보답하려고 해요. 앞으로 조용히 제 살 궁리나 좀 하면서, 이 아이를 잘 키워 보려고 합니다. 언젠가 내가 홀연히 이 세상을 떠나 황천에서 죽은 지아비를 만나면, 그동안 고생하며 지낸 얘기나 실컷 해야겠어요. 이렇게 마음 잘 잡고 버티며 단연코 딴 맘 품지 않고 지내고 있는데, 이웃 사람들은 내가 어떤 사람인지 또 어디에서 온 사람인지도 잘 모르면서, 그저 내가 나이 젊은 과부로 외롭게 지낸다 하여 함부로 이러쿵저러쿵 쑥덕거리더군요. 그러던 중에 당신이 느닷없이 나타나 대문 앞에서 소리소리 질러대고, 나를 경멸하듯 바라다보며 말끝마다 되받아쳐 따지듯 하시니,

---

40) 여(茹) : 참고 견디다.

원문 판독

[11b] 相應, 言言相較, 則反惹人笑, 彼此不美, 故忍恥請君, 越禮接話, 暴白心肝, 更無餘蘊. 君諒我情, 勿復擬想."

鰥一回凄愴, 一回冷淡, 沉咏有頃, 呼僮往前村劉婆壚, 沽醪一卣, 道是某閑良之送, 叮囑再三, 倒囊數三十文小錢授僮, 又叮囑以某閑良之送. 寡曰, "主不待客, 客自辦飮. 外面未安, 內心甚愧." 鰥曰, "一接芳容, 喜已逾分. 分外貽擾,

현대어 역

[11b] 이는 오히려 남들의 비웃음을 자아낼 뿐만 아니라, 서로에게도 불미스런 일이 될 거예요. 그래서 수치스러움을 참아가며 당신을 들어오시라 했고, 비록 예법에는 벗어나지만 이렇게 만나 얘기를 나누게 된 것이지요. 이제 내 속마음을 죄다 말씀드렸으니, 당신도 내 사정을 헤아려 이제는 다른 생각일랑 하지 마셔요."

이런 이야기를 듣고 나니 홀아비는 처량하다는 생각에 가슴마저 서늘해졌다. 그는 잠시 낮은 어조로 혼잣말하더니, 심부름하는 녀석을 불러 앞마을 유 씨 할멈 주막에 가서 막걸리 한 통을 받아오라고 하며, 아무개 한량이 보냈노라 이르라고 여러 차례 당부했다. 그리고 주머니를 털어 잔돈 서른 문(文)을 그 녀석한테 건네며, 아무개 한량이 보냈노라 이르라고 또다시 당부했다.

과부가 말했다.

"주인이 손님을 대접하지 않으니까, 손님이 알아서 마실 것을 마련하시네요. 대접이 소홀해서 정말 죄송해요."

그러자 홀아비가 응수했다.

"고운 얼굴을 대하니 매우 기쁘오. 지나치게 소란을 피웠으니 이를 어쩐다?

◎ 원문 판독

[12a] 豈所敢當? 無異領情, 萬勿爲慮!"

已而僮攜壺而奔還, 告価外之加捧. 因以卣而置盤, 殽一楪而醎菜, 滿滿酌而一飮, 響走磧之木屐. 旋[41]又咄咄, 曰, "急於潤渴, 無心先酌, 失手大矣. 無顔極矣. 僮! 爾酌進一盃於寡氏前!" 寡兩頰發紅, 曰, "吾不解飮, 勿復不當之勸." 鰥曰, "寡氏之言何謂也?無論何釀酒, 大異他需, 有事必設, 對人必勸. 是以言有

◎ 현대어 역

[12a] 당신 마음 알겠으니 아무 걱정하지 마시오."

이윽고 동자가 술 주전자를 들고 부리나케 돌아와서는 준 돈 외에도 돈이 더 들었다고 말했다. 과부는 술 한 통을 소반에 놓고, 장아찌 한 접시를 안주로 내놓았다. 홀아비가 술을 가득 따라 마시는데, 그 소리가 마치 나막신을 신고 자갈밭을 달리는 것 같았다. 홀아비는 이내 혀를 차며 말했다.

"급히 목을 축이느라 무심코 먼저 마셨으니, 큰 실수를 범했구려! 대단히 미안하오. 애야! 네가 아주머니 앞에 술 한 잔 따라 올려라!"

과부는 두 뺨을 붉히며 말했다.

"저 술 마실 줄 몰라요. 억지로 더 권하지 마세요!"

"무슨 말씀이시오? 모름지기 술이란 다른 것과는 달리 일이 있을 때마다 빠트릴 수 없고, 사람들에게 대접할 때는 꼭 권해야 하는 법이오.

---

41) 선(旋) : 오래지 않아, 금방.

원문 판독

[12b] 問答, 酒有酬酌, 上下老少, 男女親疎, 循序無闕. 間有不解飮者, 寧暫接杯少沾唇而止, 未有初不使勸之禮也. 寡氏應知此箇經界, 而如是王孫滿, 不其嫌我腌臢,[42] 不欲對酌意耶?恭以進而不享, 問中心之謂何. 此一盃之不領, 我摘鼻而入囊."

遂雙手擎盃, 恭恭敬敬, 跪獻于寡, 低唱一闋以侑, 曰, "勸君進此酒一盃, 此謂陰陽配合盃. 偕享百年

현대어 역

[12b] 얘기할 때 묻고 답하듯이 술 마실 때도 주거니 받거니 해야 한다오. 또 상하노소나 남녀친소에 이르기까지 빠짐없이 순서대로 해야 하는 게요. 혹여 술을 못 마셔도 잠깐 술잔 들어 입술이라도 살짝 적셔야지, 처음부터 아예 권하지도 않는 그런 예법은 없소이다. 당신도 그건 알 텐데 이렇게 왕손이나 되는 듯이 거만하게 굴고, 또 나를 막돼먹은 놈이라고 여겨 싫어하는 것도 아니면서 대작도 안 하려고 하시오? 공손하게 술을 권하는데도 마시지 않으니, 무슨 속셈인지 물어나 봅시다! 이 잔 안 받으면, 내 코를 비틀어 주머니에다 쑤셔 넣겠소!"

이윽고 잔을 두 손으로 받쳐 들고 제법 공손하게 무릎 꿇은 채 과부에게 술을 따라주며, 나직이 한 가락 읊조렸다.

"그대에게 이 술 한 잔을 건네니, 음양조화 이루는 술잔이로세! 함께 백 년 세월 누리며 자식 많이 낳는다면,

---

42) 엄잠(腌臢) : '무뢰한 놈'이라는 욕설.

원문 판독

[13a] 多産子, 人間無此喜歡盃." 寡曰, "他事可强, 鰥盃難强." 鰥曰, "'他事可强'一句語, 吾能喩其歸趣, 如聽仙樂, 耳朶暫明, 但一盃難强, 折何主意? 我有一言, 寡氏試聽! 萬古人情, 酒盃寬, 生前死后一般看. 然故上帝不辭下界盃, 君王不辭臣僚盃, 祖父不辭子孫盃, 先生不辭弟子盃, 老人不辭少年盃, 主人不辭賓客盃, 兩班不辭常沃盃, 官長不辭妓生盃, 吏胥不辭村氓

현대어 역

[13a] 이런 큰 기쁨이 또 있을까?"

"다른 걸 하라면 해도, 당신 술잔만큼은 못 받겠어요!"

"다른 걸 하라면 하겠단 말이 무슨 뜻인지 알겠소. 마치 신선 노랫가락이라도 들은 것처럼 귀가 확 트이는구려! 그러나 술 한 잔도 억지로 마시는 게 어렵다면, 다른 무슨 생각을 꺾을 수 있겠소? 내 한마디 할 테니 잘 들어보시오! 만고(萬古)의 인정에 술잔 관대하기는 태어나기 전이나 죽은 후에도 매한가지외다. 그래서 옥황상제는 세상 사람의 술잔을 사양치 않고, 군왕은 신하의 술잔을 사양치 않으며, 조부는 자손의 술잔을 사양치 않는다 했소. 스승은 제자의 술잔을 사양하지 않고, 노인은 젊은이의 술잔을 사양치 않으며, 주인은 손님의 술잔을 사양치 않는다 했소. 양반은 평민의 술잔을 사양치 않고, 관아의 높은 분은 기생의 술잔을 사양치 않으며, 관리는 촌민의 술잔을 사양치 않는다 했소.

◎ 원문 판독

[13b] 盃, 聞良不辭酒媼盃, 賢妻不辭良夫杯, 寡婦不辭鰥夫盃. 寡氏畢竟不把此盃, 則噫! 我鰥夫, 將擧何顔出此柴扉? 狗也羞見, 猪也羞見! 一死快[43]心, 請斷我頭! 魂載寡體, 我無餘惱!”

奔入廚下, 持刀而出, 延頸前納, 曰, “寡氏若吸一口而止, 可保我命. 寡氏眞無活我之心乎?” 寡見此擧措, 心如丸跳, 怔怔忡忡, 急擧杯而少吸, 還杯于鰥, 曰, “君見我飮,

◎ 현대어 역

[13b] 또한 한량은 주모의 술잔을 사양치 않고, 어진 아내는 지아비의 술잔을 사양치 않으며, 과부는 홀아비의 술잔을 사양치 않는다 했소. 그런데도 당신은 이 술잔을 끝까지 안 받겠다는 말씀이오? 내 무슨 낯으로 이 사립문을 나설 수 있겠소? 개나 돼지 쳐다보기에도 민망할 거요. 죽을 결심을 했으니 내 목을 치시오! 그렇게라도 해서 내 혼령을 당신 몸뚱이에 얹힐 수만 있다면 여한이 없겠소!”

홀아비는 부엌으로 달려가 칼을 들고 나와 목을 앞으로 죽 내밀며 말했다.

“당신이 술 한 모금만 마셔주면 내 목숨을 보전할 수 있을 텐데, 정말로 나를 살려줄 마음이 없단 말이요?”

그의 이런 행동을 본 과부는 심장이 구슬처럼 콩콩 뛰고 무섭기조차 했다. 황급히 술잔을 들어 조금 마시고는 홀아비에게 되돌려 주었다.

“내 술 마시는 걸 보고나니 속이 좀 후련해지셨소?”

43) ‘決’자를 오기한 것으로 보임.

◎ 원문 판독

[14a] 心幾何豁?" 鰥忙把寡腕而接杯, 曰, "不須多勞貴手." 因飮其剩杯, 一口一口, 嚼而味之而嚥之, 擧杯連嗅, 如聞奇香, 掀髥呵呵曰, "把玉手而飮合歡, 大事成而宿願就矣. '人間今日問何日, 席上新郎是舊郎.' 妙哉奇哉! 正爲我道."

遂乘興而乾一壺之醪, 言炎炎而堪聽, 氣潑潑而可觀. 寡知落他術中, 噬臍44)莫及, 佯若不會, 顰眉而問曰, "君有何喜, 如是興高?" 鰥曰, "鰥寡作配, 如何不喜?" 寡曰, "那有定

◎ 현대어 역

[14a] 홀아비는 얼른 과부의 팔을 잡으며 술잔을 받았다.

"귀한 손을 너무 수고스럽게 하지 마시게."

홀아비는 술잔에 남아있던 술을 마셨다. 한 모금씩 음미하며 삼키더니, 술잔을 들어 야릇한 향기라도 맡듯이 연거푸 킁킁거렸다. 그러더니 수염을 쓸어 올리며 껄껄 웃었다.

"아리따운 여인의 손을 부여잡고 합환주를 마셨으니, 이제 혼인이 성사되어 그동안의 묵은 소원을 이루게 되었소. '사람들아! 오늘이 무슨 날인 줄 아는가? 자리에 앉은 신랑이 헌 낭군이로세!'라고 하더니만, 묘하게도 바로 나를 두고 한 말이 됐구려."

이윽고 흥에 겨워 막걸리 한 주전자를 다 비웠다. 화끈한 말투는 들어줄 만했고, 펄펄 넘치는 기세는 가관이었다. 과부는 그의 술책에 말려든 걸 후회하기에는 이미 늦었다는 것을 알면서도, 거짓 모른 척 눈살을 찌푸리며 말했다.

"당신은 뭐 좋은 일이 있다고 이렇게 기뻐하세요?"

"홀아비와 과부가 혼약했는데 왜 기쁘지 않겠소?"

"무슨 혼약이요?"

---

44) 서제(噬臍) : 사향노루가 사람에게 잡혀 죽게 될 때 제 배꼽의 냄새 때문에 잡혔다고 여겨 제 배꼽을 물어뜯는다는 말로서, 일이 잘못된 뒤에는 후회해도 소용없다는 것을 의미함.

원문 판독

[14b] 約?" 鰥曰, "奚啻定約? 已經醮禮, 君夢囈乎? 延我內室, 交話訴衷, 是定約也. 把臂交盃, 兩情歡洽, 是合巹也. 舌雖廣長,[45] 更何置辨? 況有天日[46]監臨,[47] 鬼神冥質, 從此君我如有他志, 天必戮之, 神必殛之."

穉兒[48]沒覺, 在傍頑耍, 鰥提置膝上, 愀然慰撫, 曰, "諺云'義爺非爺', 然人情各殊, 不可一槩, 本我腸軟, 見汝鼻酸. 且我無一箇子女, 視汝若已出, 愛

현대어 역

[14b] "혼약만 했다 뿐이겠소? 이미 초례까지 마쳤구먼, 임자는 아직도 잠꼬대하시오? 날 안방으로 끌고 와 얘기 나누며 고충을 하소연했으니, 이것이 혼약인 게요. 그리고 팔을 잡아끌고 술잔을 주고받으며 두 사람 뜻이 기쁘게 어우러졌으니, 이것이 신랑 신부가 술잔을 주고받는 합근(合巹)이란 절차인 게요. 아무리 말 잘하는 광장설(廣長舌)을 가진 사람이라도 무슨 반박을 할 수 있겠소? 하늘이 지켜보고 귀신이 정해준 일이니, 지금부터 임자와 내가 만약 딴 마음이라도 품는다면 저들이 우릴 죽일게요!"

어린 아들이 영문도 모른 채 옆에서 재롱을 떨자, 홀아비는 그 아이를 무릎 위에 올려놓고 처량하게 위로하며 말했다.

"속담에 의붓아비는 아비가 아니라고 했다마는, 인정이 각기 다르니 모두 그렇다고 할 수는 없지! 본래 내 마음이 여려서인지, 너를 보니 코끝이 다 시큰하다. 나한테 자식이 하나도 없다 보니 네가 내 자식 같구나.

---

45) 광장(廣長) : 원래 부처의 혀를 가리킴. 불가에서는 부처의 혀가 넓고 길다하여 '광장설(廣長舌)'이라고 일컬음.

46) 천일(天日) : 제왕.

47) 감림(監臨) : 감독하다.

48) 치아(穉兒) : '穉'는 '稚'의 통용자. 어린아이.

◎ 원문 판독

[15a] 而育之, 教而成之, 是亦天倫, 是亦陰騭.[49] 吾眞情以如此, 詐必震於霹靂. 貴吾雛兮吾雛! 能知吾爲爾父? 從今日而爲始, 愛汝情如掌珠. 除夕屈指不遠, 汝衣服爲關念, 雖十寸爲一寸, 期逮他人之子." 言如春而藹藹, 情似海而洋洋, 仍把耳而親嘴, 更挾腰而叩臀, 客生面而且苦, 兒喫刼而欲啼, 鰥低聲誘之曰, "吾兒, 吾兒! 休啼, 休啼! 金子童, 玉子童! 巫雲

◎ 현대어 역

[15a] 사랑으로 길러주고 잘 가르치는 것은 천륜이기도 하고 숨은 덕행이기도 하다. 내 진정으로 그렇게 하도록 하마. 이 말이 거짓이면 반드시 벼락을 맞을 거다. 귀한 내 새끼, 내 새끼! 내가 네 아비인 것을 알겠느냐? 오늘부터 너를 마치 손바닥에 올려놓은 구슬처럼 사랑해주마. 손꼽아 헤아려보니 설날이 그리 멀지 않았는데, 네 옷이 마음에 걸린다. 십촌에서 일촌이 되었으니, 남들 자식만큼 잘 해주마."

내뱉는 말이 봄기운처럼 포근하고, 다정함이 바다처럼 넘실거렸다. 아이의 귀를 당겨 입 맞추고, 허리를 감싸 안으며 궁둥이를 토닥거렸다. 낯선 손님의 괴롭힘에 아이는 무서워 울려고 했다. 홀아비는 낮은 목소리로 어르며 말했다.

"우리 아가, 우리 아가! 울지 마, 울지 마! 금자동아, 옥자동아!

---

49) 음즐(陰騭) : 남에게 알려지지 않게 행하는 덕행 또는 음덕(陰德).

원문 판독

[15b] 堂上七寶童! 明月宮中水晶童! 萬里滄海龍子童! 四大部洲人傑童! 非天降則地聳, 怕吹飛而握陷! ” 寡欲笑還嗔, 曰, “認曾誘過小兒曹.[50] 雖然, 此事何爲計?吾爲一杯薄酒所賣乎? 眞令人怪殺羞殺, 自問不知怎生好!” 鰥笑吟一絶, 曰, “一杯酒結百年緣, 媒妁雖千, 豈得然? 自古爲天民以食, 而今吾獨酒爲天.”

鰥知寡入彀,[51] 十分可圖, 乃揭裏面直說曰, “主翁之安君

현대어 역

[15b] 오운당상 칠보동아, 명월궁중 수정동아! 만리창해 용자동아, 사대부주 인걸동아! 하늘에서 내려왔나, 땅에서 솟아났나! 훅 불면 날아갈 듯, 잡으면 꺼질 듯!”

과부는 웃음이 나오려 했지만, 오히려 화를 내며 나무랐다.

“보아하니 애 좀 달래보셨네요. 그건 그렇다 치고 무슨 속셈으로 이러시는 거죠? 내가 박주 한 잔에 팔려가는 건가요? 정말로 사람을 놀라고 창피해 죽게 하시네요. 아무리 나 자신에게 물어봐도 어떻게 해야 좋을지 모르겠어요.”

홀아비는 웃으며 한 소절을 읊조렸다.

“술 한 잔에 백년가약 맺었으니, 매파가 천 명이 있다고 한들 어찌 이 일을 해낼 수 있겠소? 예로부터 백성들은 밥 먹는 걸 하늘처럼 여기지만, 지금 난 그저 술 마시는 걸 하늘처럼 여긴다오.”

홀아비는 과부가 이미 과녁 안에 들어와 있어 충분히 이 일을 성사시킬 수 있겠다 싶으니까 제 생각을 그대로 얘기했다.

“주인 영감님이 당신을 이곳에서 편안히 지낼 수 있게 해주었다는데,

---

50) 조(曹) : 복수접미사.

51) 입구(入彀) : ‘彀’는 화살의 날아가는 범위를 일컫는 말로서, ‘입구’는 남들의 총애를 받으며 조종당한다는 의미임. 혹은 남들이 파놓은 함정에 빠진다는 의미로 사용되기도 함.

◎ 원문 판독

[16a] 於此, 豈眞憐君之情? 只爲幫助家務, 遠勝女婢, 砂棟淺謀, 明若觀火. 君若臨事懈怠, 早寐晏起, 或患病委頓,[52] 不能自强, 一日二日, 所見沓鬱,[53] 兒又索飯啼號, 亂撒尿溺, 翁必忤意[54]仄目,[55] 形容不平, 呵叱頻作. 於是乎母對兒而悲咽, 思舊日之破屋, 雖孤冷之非世, 勝爲人之眼釘, 坐如針氈, 一刻三秋, 求一死而不得, 圖殘命而議適, 亦不能而自主. 決宜否於翁口,

◎ 현대어 역

[16a] 그게 어떻게 당신 사정을 딱하게 생각해서 그런 거겠소? 그저 집안 살림 돕는 것이 다른 계집종보다 훨씬 나을 것 같으니까 그런 거지. 모래로 집 짓는 것처럼 수 낮은 계략을 부렸다는 것이 불 보듯 훤하오. 만약 당신이 일을 게을리한다거나, 일찍 자고 늦게 일어난다거나, 병들어 지쳐 건강하지 않다고 하면, 하루 이틀만 지나도 답답하다는 눈초리로 쳐다보게 될 거요. 또 아이가 밥 달라고 울며 아무 곳에나 오줌을 누어대면, 주인영감은 필시 속이 거슬려 찡그려 보며 불만에 찬 모습으로 번번이 야단칠 것이오. 이쯤 되면 어미는 아이를 마주한 채 슬픔에 목이 메어와, 비록 예전에 누추한 집에서 외롭고 춥게 지냈을망정 사람들 눈엣가시가 되는 것보다 나았겠다는 생각이 들 것이오. 온통 바늘방석 위에 앉아 있는 것 같고, 일각이 삼추처럼 느껴지는 것이 차라리 죽어버리자 해도 죽지 못하며, 남은 인생 잘 살아보자고 다른 곳으로 시집가려 해도 그것조차 저 스스로 결정할 수 없을 것이외다.

---

52) 위돈(委頓) : 지치다, 피곤하다.
53) 답울(沓鬱) : 답답한 마음이 솟구치다.
54) 오의(忤意) : 뜻에 어긋나다, 뜻에 거슬리다.
55) 측목(仄目) : 두려움 또는 미워하는 맘으로 흘겨보다.

◎ 원문 판독

[16b] 翁無遠識, 只圖目前, 昧人品之高下, 算家計之贍艱, 非病身則曰合當, 不闕食則曰着實, 擇匪配而非憂, 誤前程亦何關? 駿馬日馱癡漢走, 巧妻夜伴拙夫眠, 君試思之! 能不驚心? 近來鄕俗, 日趨惡薄, 而編戶[56]愚民爲尤甚. 男耕女織, 粗有贏餘, 便心大氣昂, 妄作身分, 遇窮親貧友, 輒白眼冷看, 又從背后指議, 不欲齒諸

◎ 현대어 역

[16b] 저 영감님 입에서 옳고 그름을 따져야 하는데, 영감님은 멀리 내다볼 줄 모르고 그저 목전의 것만 살펴볼 뿐, 인품의 높고 낮음을 따지는 데에는 영 어둡소. 살림이 넉넉한지 어려운지는 잘 따지면서 병신만 아니면 된다고 하고, 밥만 거르지 않고 먹을 수 있으면 착실하다고 하며, 품행이 좋지 않은 배필을 골라놓고는 걱정도 안 할 것이외다. 그러니 당신 앞길이 잘못된들 무슨 상관이 있겠소? 준마가 매일 바보 같은 사내를 태우고 내달리고, 아리따운 아내가 못난 지아비와 잠을 자야 하는 상황을 한번 생각해보시오! 두렵지 않겠소? 근래에 들어 고을 풍속이 날로 험악하고 각박해지는 중에 우매한 백성들의 상황은 이보다 더 심각하다오. 남녀가 농사짓고 옷감 짜며 생계를 꾸리다 조악하나마 남는 자본이 생기면 기세 높여 멋대로 제 신분을 망각하고, 가난한 친구를 만나면 눈을 흘기며 싸늘하게 쳐다본다오. 또 등 뒤에서 손가락질하고 쑥덕거리며, 사람 축에도 끼워주지 않소.

---

56) 편호(編戶) : 호적에 편입된 사람.

◎ 원문 판독

[17a] 人數. 吾常心誅, 不忍正視而若輩倒來笑我, 目之以亡賴[57]幫間,[58] 憎我深者, 亦曰亂民. 此皆有眼無珠, 烏能認得我來? 另有識鑑之貴人兩班, 往往一見我而許之, 或稱當時之奇男, 或呼將來之富翁, 或見而賜顔, 或邂逅而傾心, 期日後之須用, 示面前之款曲. 我若庸劣, 人豈奬譽? 擧一州之全坊, 入高眼者有誰? 非但此也, 南里郭先生, 精通星相, 言多

◎ 현대어 역

[17a] 그럴 때마다 난 항상 맘속으로 '차마 똑바로 쳐다보지도 못하면서 네 놈들이 거꾸로 나를 비웃어!'라고 욕해 준다오. 또 그놈들을 망나니나 광대로 바라보고, 나를 되게 미워하는 놈들은 '난민'이라고 부른다오. 이놈들이 눈은 붙어있으나 죄다 눈동자가 없으니, 어찌 나를 알아볼 수 있겠소? 이와 달리 식견 있고 지체 높은 분들이나 양반들은 나를 보면 인정해주었소. 어떤 사람은 재주와 슬기가 뛰어난 '기남'(奇男)이라고 칭찬해주었고, 어떤 사람은 앞으로 돈이 많을 '부옹'(富翁)이라고 불러주었소. 그리고 어떤 사람은 만나기만 하면 좋은 낯빛으로 대해주었고, 어떤 사람은 우연히 만났어도 관심 있게 대해주었고 후일에 모름지기 쓸모 있겠노라 기대하며 보는 앞에서 은근한 다정함을 드러내기도 했다오. 만약 내가 용렬한 사람이라면, 남들이 왜 그런 칭찬을 했겠소? 온 고을 모든 지역을 통틀어 또 누가 그런 높은 안목에 끼어들 수 있겠소? 이것뿐만이 아니라오. 남리(南里)에 사는 곽 선생은 점성술과 관상에 정통한 사람인데,

---

57) 망뢰(亡賴) : 정당한 일에 종사하지 않는 사람.

58) 방간(幫間) : 큰북을 들고 공연하는 광대 또는 우스갯소리로 손님을 즐겁게 하는 예능인.

◎ 원문 판독

[17b] 奇中, 人號'賽璞',[59] 敬若神明. 往年觀我容貌, 推我命數, 曰, '運到卅五, 婺星光照, 室家有慶, 樂意融融, 中下二停,[60] 運見泰亨, 陞官發財, 所求如願.' 八字評決, 亦相吻合. 且吾先營, 神師所占, 形如將軍撫劒, 千方山[61]下大地, 五世大發, 自昔有識, 計世以考, 今其時矣! 心中獨喜自負, 未曾向人泄漏. 昨遇主顧巫嫗, 忘請安而遽賀, 曰, '恭喜老爺, 大吉大利,

◎ 현대어 역

[17b] 하는 말들마다 기막히게 맞아떨어져 사람들이 그를 '새박'(賽璞)이라고 부르며 신처럼 떠받들었소. 한번은 내 관상을 보더니, 35살이 되면 '무녀'라는 별자리가 밝게 비춰 집안에 경사가 생기고 즐거움이 가득하며, 얼굴 눈썹 아래로는 '태형'의 운세가 있어 관운과 재복이 따르니, 하고자 하는 일들이 잘 이뤄질 것이라고 했소이다. 그런데 그 사주풀이가 딱 들어맞는단 말이요! 그리고 내 조상의 묏자리는 신령한 스님이 점지해 주셨는데, 마치 장군이 칼을 어루만지는 듯한 형세라지요. 그 천방산 아래의 드넓은 땅에서 아래로 5대째에 이르면 크게 번창할 것이라고 했소. 예전부터 그런 조짐이 있어 따져보았더니, 지금이 바로 그때라오! 내 맘속으로만 혼자 좋아했지, 아직 남들에게는 발설하지 않았소. 그리고 어제는 우연히 무당 할멈을 만났는데, 안부 묻는 것도 잊은 채 느닷없이 '축하해요, 어르신! 크게 길하고 이로울 운세입니다.

---

59) 새박(賽璞) : 중국 명나라 능몽초(凌濛初)가 지은 소설 ≪박안경기(拍案警奇)≫ 권39에도 '곽새박'이라고 불리는 무당이 등장함.

60) 관상학에서는 얼굴과 신체를 각각 상중하 삼정(三停)으로 나누어 설명하기도 하는데, 여기에서의 '中下'는 코와 턱을 가리킴.

61) 천방산(千方山) : 지금의 충청남도 서천군 문산면에 위치한 천방산을 가리킴.

◎ 원문 판독

[18a] 明日可巧已酉, 卓家[62]當有奇逢. 須牢記在心, 多謝俺靈判. ’ 不叩而應, 誘以謊誕, 幸在今日, 圓就好事, 始信己酉成配, 巫言不誣也! 譩譆異哉! 是天緣之有定, 非人力之可致! 從知前路漸坦, 何難刻意束脩[63]? 白圭之玷可淨,[64] 浮屠之尖易合.[65] 吾一日之執心, 能敵他之十年. 君莫動於衆喙, 惟矢志而協理! 貧富窮達, 命有安排, 妄意趨避, 反召其禍. 昔日姜太公[66]·

◎ 현대어 역

[18a] 내일이 공교롭게도 기유일(己酉日)인데, 한나라 사마상여(司馬相如)가 탁가(卓家)에서 술 마시다 여자를 만났듯이 기이한 만남이 있겠는데요. 모름지기 마음에 잘 새겨두셨다가, 내 영험한 판단에 사례나 두둑이 하세요!’라고 인사말을 하는 것이었소. 묻지도 않았는데도 황당하게 사람을 꾀는 말이라고 생각했지만, 요행히 오늘 이런 경사스런 일이 이뤄졌으니 기유일에 배필을 만난다는 말을 믿게 되는구려. 무당이 거짓말한 것은 아니구먼! 거참, 신기하네! 이건 하늘이 정한 것이지 사람의 힘으로 할 수 있는 것이 아니라오. 이후에는 앞길이 점차 순탄해질 것을 알게 되었으니, 이를 마음에 새기고 몸단속이나 하는 게 뭐 어렵겠소. 백옥에 있는 티는 갈아낼 수 있고, 불탑은 뾰족하게 쌓기 쉽다고 했소. 내가 하루만 마음먹고 하면, 다른 사람이 십 년 동안 할 것을 해낼 수 있다오. 당신은 사람들 입방아에 흔들리지 말고 굳은 의지로 나만 도와 일하면 될 거요! 빈부와 궁달은 정해진 운명이니, 이를 함부로 피하려다 보면 오히려 화를 부르게 된다오.

---

62) 탁가(卓家) : 사마상여(司馬相如)가 탁가(卓家)에서 술을 마시다가 문군(文君)이 과부가 되었음을 알고 금심(琴心)으로 연정을 유발시켰더니, 밤이 되자 문군이 상여에게 달려갔다는 중국 고사에서 인용한 말.

63) 속수(束脩) : 몸을 단속하고 수양함, 또는 심신을 엄숙하고 경건하게 함.

64) 백규지점(白圭之玷) : 옥에 티 또는 작은 흠. 좋은 사람의 결점을 가리키기도 함.

65) 부도(浮屠) : 부처 또는 불탑. ‘浮屠’는 ‘부도(浮圖)’라고도 함.

66) 강태공(姜太公, B.C.1156-B.C.1017) : 商朝 말기에 활동한 강상(姜尙)을 가리키는데, 그의 선조가 여(呂)나라에 봉해져 여상(呂尙)이라도 불림. 주나라 문왕(文王)의 스승이 되었고, 무왕(武王)을 도와 상(商)나라 주왕(紂王)을 멸망시켜 천하를 평정했으며, 그 공으로 제(齊)나라 제후에 봉해짐.

원문 판독

[18b] 百里奚[67]・朱買臣[68]之妻, 不忍一時之飢寒, 遂致千古之悔恨. 蘇秦[69]・陳平[70]・楊志堅[71]輩, 始屯終亨, 張志氣於家人, 此類甚多, 難以殫述. 君如厚福, 吾豈長貧?"

寡曰, "君言鑿鑿有理, 吾意煥然冰釋. 然君放浪旣久, 習與性成, 若有初鮮終, 或一曝十寒,[72] 則吾命休矣. 到此奈何?" 鰥曰, "君言亦可! 凡人之收放歸正, 皆由自心, 不待于人. 今吾心之放, 一誓可收."

현대어 역

[18b] 옛날에 강태공, 백리해, 주매신의 아내는 한때의 배고픔과 추위를 참지 못해, 결국 천고의 후회를 하게 되었소. 그런데 소진, 진평, 양지견 같은 인물은 처음에는 고생하다가 나중에 일이 잘되어 식구들에게 제 뜻과 기개를 펼쳐 보이기도 했다오. 이런 비슷한 일들은 하도 많아 일일이 다 얘기하기도 어렵소. 당신이 이렇듯 복이 많은데, 내 어찌 줄곧 가난하게만 살겠소?"

이 말을 듣던 과부가 물었다.

---

67) 백리해(百里奚, 생졸년 미상) : 진(秦)나라의 정치가. 진나라 목공(穆公)에 의해 등용되어, 목공이 춘추오패(春秋五霸)가 되는데 큰 공을 세움.

68) 주매신(朱買臣, 생년 미상～B.C.109) : 한(漢)나라의 태수를 역임함. 나이 50세 되도록 곤궁함에 아내가 이를 견디다 못해 이혼했는데, 수년 뒤 주매신이 장안에 가서 회계태수를 제수 받아 부임해 오는 길을 그의 전 아내가 새 남편과 함께 닦고 있었다고 전함.

69) 소진(蘇秦, 생졸년 미상) : 중국 전국시대 중엽의 정치가. 진(秦)나라에 대적하기 위해 나머지 6국이 연합하는 합종설을 주장함.

70) 진평(陳平, 생년 미상～B.C.178) : 한(漢)나라의 정치가. 처음에는 항우(項羽)를 섬겼으나, 이후 유방(劉邦)의 진영으로 옮겨가 한나라의 통일에 공을 세움. 유방의 신임을 얻어 좌승상(左丞相)에 올랐고, 주발(周勃)과 함께 여씨의 난을 평정한 후 유방의 아들 문제(文帝)를 옹립하였음.

71) 양지견(楊志堅) : 당(唐)나라 대력(大歷) 연간에 활동한 시인. 집안이 빈궁한데도 벼슬길로 나가지 않자 그의 아내가 이를 견디지 못해 이혼을 요구하자, 이 때 그는 학문에 대한 굳은 신념을 「送妻」라는 시로 적어 표현했다고 전함.

72) 일폭십한(一曝十寒) : 본래 열흘 동안 춥다가 하루 볕이 쬔다는 의미인데, 항심(恒心)이 없이 일을 하다 말다 하는 상황을 가리키는 말로 씀.

“이치에 딱딱 들어맞는 말씀을 하시니 제 마음이 얼음 녹듯 환연해지네요. 그러나 당신은 이미 오래도록 떠돌아다니는 게 그만 몸에 배어버리셨잖아요. 시작만 있고 끝이 없거나, 하루에도 몇 번씩 뜨거웠다가 싸늘해지는 변덕이 심할 것 같으면, 내 인생은 끝장이거든요. 만약 이런 일이 생기면 어떻게 하시겠어요?”

홀아비가 대답했다.

“맞는 말이오. 사람이 방탕한 생활을 그만두고 올바른 데로 되돌리는 것은 완전히 제 마음먹기에 달린 것이지, 다른 사람에게 기댈 게 아니오. 내 이제껏 멋대로 풀어놓았던 마음을 거둬들이겠다고 맹세하리다!”

◎ 원문 판독

[19a] 因自三呼其名, 大發誓言, 曰, "爾若不悛前日之習, 重貽哲婦之慽, 眞是狗豚牛馬子, 來來去去人盡爺, 瘟疫瘋瘡終不善, 娼女男盜報無差."[73] 寡正色, 曰, "示信之辭, 尤宜典重, 何乃穢惡亂雜, 有浮駔儈[74]口氣? 一心自寒, 雙耳欲洗." 鰥赧然謝, 曰, "倉猝矢口, 殊不雅馴, 更許擇言, 俾掩前愆." 寡曰, "諾." 鰥曰, "吾如渝盟, 心與口違, 天不容覆, 地不容載, 一墮阿鼻,[75] 永

◎ 현대어 역

[19a] 이윽고 제 이름을 세 차례 외치더니, 큰 소리로 이렇게 맹세하는 것이었다.
"만약 예전 습관을 고치지 않고 또다시 어진 아내에게 근심거리를 안겨준다면, 너는 진짜 개 새끼, 돼지 새끼, 소 새끼, 말 새끼다! 그리고 오가는 사람들이 죄다 네 아비고, 역병과 부스럼 같은 질병에 걸려 죽을 때까지 낫지 않을 것이며, 창녀와 도둑들이 틀림없이 보복할 것이로다!"

그러자 과부가 정색하며 말했다.

"믿음을 나타낼 때는 더욱이 진중하게 해야 하거늘, 어찌 추잡한 거간꾼이나 하는 막된 말투를 섞어 말씀하시오? 마음이 절로 싸늘하게 식어버리네요. 내 귀 좀 씻어야겠어요."

홀아비는 무안해 하며 사과했다.

"허둥지둥 맹세한다는 것이 그만 고상하게 하지 못했소. 다시 말을 가려 할 수 있게 허락해 주시구려. 내 조금 전의 허물을 덮고자 하오."

과부가 대답했다.

"그러세요."

홀아비가 말했다.

---

73) 남도여창(男盜女娼) : 남자는 강도가 되고 여자는 창기가 된다는 의미로, 주로 남을 욕할 때 씀.

74) 장쾌(駔儈) : '장회(駔會)', '장궤(駔闠)', '장회(駔獪)'라고 쓰기도 함. 말을 사고파는 중개인.

75) 아비(阿鼻) : 불교에서 말하는 '팔열지옥(八熱地獄)' 가운데 가장 고통스러운 지옥. 일명 '무간지옥(無間地獄)'이라고도 함.

"만약 맹세한 내용을 어겨 내 생각이나 말이 그에 위배될 것 같으면, 천지가 나를 용납하지 않을 것이며, 아비지옥에 떨어져 영원히 세상 밖으로 나오지 못하리다!"

◎ 원문 판독

[19b] 不出世.” 因謂寡曰, “吾誓已備, 君盍見志?” 寡曰, “吾若負心, 有如此誓.” 鰥欣然曰, “至矣盡矣. 天色將暮, 無言更道. 今日是好, 不必選他. 歸掃土室, 以做親禮.” 遂抱幼引寡而出.

翁自外來阻, 曰, “今日之事, 未知如何決定, 而何急遽乃爾? 來日無窮, 漫漫商量, 甚合事禮. 君子獨歸, 無復躁妄.” 鰥忿然曰, “翁言差矣. 六國當世, 合從盟約, 猶以一言決之, 今

◎ 현대어 역

[19b] 이 말에 이어 과부에게 말했다.

“난 이미 맹세했는데, 당신은 왜 생각을 밝히지 않는 거요?”

과부가 말했다.

“저도 만약 어긴다면, 맹세하신 말씀대로 될 거예요.”

홀아비는 흐뭇하여 말했다.

“지당하오, 됐소. 곧 날이 저무니, 딴말하지 마시게! 오늘이 길일이라 하니, 따로 날을 고를 필요도 없겠소. 집에 돌아가 흙집이나 청소하고, 사람들을 불러 혼례를 올립시다.”

그러더니 애를 안고 과부를 잡아끌며 밖으로 나가려고 했다. 노인이 밖에 있다가 들어와 가로막으며 말했다.

“오늘 어떻게 하기로 했는지 모르겠지만, 뭘 이리 서두르는가? 앞으로도 시간이 잔뜩 있는데, 천천히 상의하는 것이 사리에 맞을 걸세. 그만 혼자 돌아가고, 다시는 경거망동하지 말게나.”

홀아비는 화가 치밀어 대꾸했다.

“어르신! 그건 아니죠. 그 옛날 육국(六國) 시대에도 각 나라들이 말 한마디에 합종하기로 맹약하지 않았소.

◎ 원문 판독

[20a] 日鰥寡合從, 是胡等大事, 剗却宛議, 吐去歃血, 更尋漫漫商量, 拖過這無窮之來日? 翁何瞞弄我至此? 翁前云, '吾無關涉, 君自量行', 今其去就, 何復主張?且吾將吾人, 不能自由, 一聽於翁可乎?" 翁冷笑曰, "誰是君家人?"

鰥怒髮欲竪, 推寡背而迫前, "暗將些小利害較, 欲作魔障好因緣, 此輩男女, 天殺地殺. 如復攔住, 當判死生!" 提拳大步, 傍若無人. 翁是

◎ 현대어 역

[20a] 오늘 홀아비와 과부가 합종하기로 한 게 무슨 큰일이라고 서로 완곡하게 의논한 걸 저버린 채, 맹약을 다짐하며 마신 피를 토해내고 또다시 다른 사람을 찾아가 상의하며, 끝없이 세월을 허비해야 하느냐고요? 어르신께서는 왜 이리 저를 기만하고 희롱하십니까? 어르신께선 예전에 당신이 간섭할 일이 아니니 저보고 알아서 하라고 하시지 않으셨소? 지금은 왜 제 거취문제에 대한 당신 주장을 되돌리시는 겁니까? 또 제가 제 사람을 데리고 마음대로 하지도 못하고, 계속 어르신 말씀을 들어야 하는 게 옳은 겁니까?"

노인이 냉소하며 말했다.

"누가 자네 집사람인가?"

홀아비는 화가 치밀어 머리털이 죄다 곤두섰다. 그는 과부의 등을 억지로 앞으로 떠밀며 말했다.

"변변찮은 이해관계나 따지자고 이 좋은 인연에 마장이 끼게 하다니! 천지신명께서 이런 연놈들은 죽여 버리셔야 하는데! 만약 또 한 번만 일을 방해하면 사생결단을 내리다!"

그러면서 옆 사람도 아랑곳하지 않은 채 주먹을 치켜들고 확 달려들었다.

◎ 원문 판독

[20b] 村蠢, 恐有不好勢頭, 忍不回話, 聽其攜去, 腸雖輪囷, 亦無奈何. 鰥攜寡入室, 掃除略淨, 呼隣女而具夕飡, 一應所須, 皆借于隣. 對案聯匙, 互勸加餐. 間間哺幼, 敎勿急呑. 輟食點燈, 促膝連臂, 說舊話新, 味到津津, 豪情發而難按, 或搖頭而轉目, 高搤紫芝[76]之腕, 橫蹺丹木[77]之股, 鵲腹[78]之說許多, 牛囊之炙容易. 露馬脚而不掩, 綻麻滓而何顧? 燈頻剪[79]而

◎ 현대어 역

[20b] 그러자 어리숙한 촌뜨기 노인네는 나쁜 일이라도 일어날까 봐 두려워 차마 맞받아치지도 못하고 그저 홀아비가 데려가겠다는 소리만 듣고 있었다. 창자가 배배 꼬여 왔지만, 달리 어쩔 도리가 없었다.

홀아비는 과부를 집으로 데리고 왔다. 대충 집안을 치우고, 이웃 아낙을 불러 저녁을 차리게 했다. 필요한 것이 있을 때마다 모조리 이웃에게서 빌려다 쓰던 터였다. 밥상을 마주하고 수저 한 쌍을 들어 반찬 좀 더 먹으라고 서로 권했다. 아이에게는 이따금 밥을 떠먹여 주며 급하게 삼키지 말라고 했다.

식사를 마치고 등잔불을 붙인 뒤, 바싹 다가가 손을 마주 잡고 앉았다. 이런 저런 얘기를 나누는 사이에 점점 분위기가 무르익더니, 어느새 정욕이 끓어 오르는 것을 억누를 수 없었다. 이따금 머리를 흔들어 보기도 하고, 눈길을 다른 데로 돌려 보기도 했다. 발기된 음경 끝을 거머쥐어 보기도 하고, 좌우로 벌어진 궁둥이를 바짝 오므려보기도 했다. 그러나 부부 사이에서나 나눌 법한 은밀한 얘기들이 계속되다 보니, 불알 밑이 금세 후끈 달아올랐다. 더는 속내를 숨길 수 없게 된 마당에 솔기 터진 베옷에 때 좀 묻은 게 무슨 대수이겠는가?

---

76) 자지(紫芝) : 남자의 음경을 비속하게 부르는 말.

77) 단목(丹木) : 본래 콩과의 상록 교목을 가리킴. 목재는 활을 만드는 데 사용되었다고 전해지며, 여기에서는 동그랗고 단단한 엉덩이를 일컫는 말로 사용된 것으로 보임.

78) 작복(鵲腹) : 까치소리. 여기에서는 즐겁게 주고받는 이야기 소리를 가리킴.

79) 전등(剪燈) : 등잔불의 심지를 잘라냄. 밤에 담소를 나누는 것을 가리킴.

◎ 원문 판독

[21a] 欲灺,[80] 覺霄更之已闌,[81] 巷寂寂而無人, 月皎皎而斜窓.

鰥曰, "我昏昏而要睡, 卿何爲乎椓坐?" 寡曰, "請君先寢. 我無睡意." 鰥曰, "我有緊事, 因睡以幹, 與卿周旋, 獨睡不成." 抱纖腰而橫臥, 接桃臉而較鼻, 辟芳根而傳信, 弄玉峰[82]而挑興, 寡叵耐而翻作, 自解衣而安枕, 因就勢而作用, 如豪鷹之搏雉. 旣九一之術[83]妙, 亦低昂之法奇, 二氣相軋, 八根[84]無礙, 魚水之樂至, 雲雨

◎ 현대어 역

[21a] 심지를 누차 잘라내도 등잔불이 희미해지는 것이 벌써 밤이 늦었음을 알 수 있었다. 골목에는 오가는 사람도 없어서 적막하였고, 달빛만 휘영청 창가에 비껴 있었다.

홀아비가 말했다.

"정신이 몽롱하고 졸린데, 당신은 왜 내시처럼 앉아만 있는 게요?"

과부가 대답했다.

"당신 먼저 주무세요. 난 아직 잠이 오지 않네요."

홀아비가 말했다.

"난 잠을 자야만 할 수 있는 중요한 일이 있소. 당신과 함께해야 하는데, 나 혼자 자면 할 수 없지 않겠소."

홀아비는 과부의 가녀린 허리를 끌어안고 나란히 누웠다. 복숭아 같이 상기된 뺨을 맞대고 코끝을 비벼댔다. 음부를 벌려 자극하고 젖가슴을 주무르며 흥

---

80) 사(灺) : 등잔불이 꺼짐.

81) 란(闌) : 시간이 늦음.

82) 옥봉(玉峰) : 여성의 유방을 비유한 말.

83) 구일지술(九一之術) : 남성의 성기를 여성의 성기에 아홉 번 얕게 한 번 깊게 삽입하는 방중술의 하나.

84) 팔근(八根) : 사람의 주요 신경계. 명나라 이시진(李時珍)의 ≪기경팔맥고(奇經八脈考)≫에서는 팔근을 독맥(督脈), 임맥(任脈), 충맥(沖脈), 대맥(帶脈), 음유맥(陰維脈), 양유맥(陽維脈), 음교맥(陰蹻脈), 양교맥(陽蹻脈) 등 8가지로 소개함.

분시켰다. 과부는 감정을 주체하지 못해 몸을 뒤척이다 스스로 옷고름을 풀어 헤치고 편안히 누웠다. 그리고 마치 매서운 매가 꿩을 낚아채듯 몸의 움직임에 따라 응수했다. 얕게 아홉 번 깊게 한 번 삽입하는 구일술(九一術)뿐만 아니라, 아랫도리 흥분을 조절하는 방중술도 뛰어났다. 두 사람의 기운이 서로 하나가 되자, 지극한 어수지락(魚水之樂)과 두터운 운우지정(雲雨之情)에 온 신경이 풀려 버렸다.

◎ 원문 판독

[21b] 之興濃, 嬌眼米[85]而自閉, 酥胸熱而乍悶, 呻吟語曰, "我死! 如何遇此冤家? 因行樂而致死, 誰當爲之償命?" 鰥喘喘而亦云, "豈爾命之獨絶? 我未死而骨消, 欲埋葬而無體, 遊九天又十地, 惟三魂與七魄,[86] 峰峰迷於巫山,[87] 水水杳杳洛浦.[88] 劉郎[89]到於天台, 張生[90]遇於西廂, 風流溢於千載, 趣興長於良夜. 非飢久而味新, 由爾別有奇韻. 閱溫柔而許多, 曾未見此可喜. 旣吾有此可

◎ 현대어 역

[21b] 교태 섞인 가는 눈이 스르륵 감기고, 뽀얀 가슴은 달아올라 순간 답답해졌다.

과부는 신음을 내며 말했다.

"나 죽겠네! 어쩌다 이런 원수 같은 자를 만났을까? 재미 좀 보려다 죽으면, 누가 내 목숨을 보상해 주나?"

---

85) 미(米) : '미(眯)'의 통용자. 눈을 가늘게 뜨는 모양.

86) 삼혼(三魂), 칠백(七魄) : 중국 도교와 중의학에서 인간의 영혼에 대해 풀이한 말. '삼혼'은 천혼(天魂), 지혼(地魂), 명혼(命魂)을 가리키고, '칠백'은 천충(天沖), 영혜(靈慧), 기(氣), 력(力), 중추(中樞), 정(精), 영(英)을 가리킴.

87) 무산(巫山) : 중국 사천성(四川省)과 호북성(湖北省)의 경계에 위치한 산. '무산지몽(巫山之夢)'은 무산의 꿈이라는 뜻으로, 남녀 간의 밀회(密會)나 정교(情交)를 의미하며, 특히 미인(美人)과의 침석(枕席)을 가리킴.

88) 낙포(洛浦) : 중국 섬서성(陝西省)성과 하남성(河南省)을 거쳐 동쪽으로 흐르는 황하(黃河) 지류인 낙수(洛水)의 포구. 한나라 장형(張衡, 78-139)이 지은 ≪사현부(思玄賦)≫의 "수레로 태화산의 옥녀를 데려오고, 낙수의 복비를 불러왔다네.(載太華之玉女兮, 召洛浦之宓妃.)" 참조.

89) 유랑(劉郞) : 동한(東漢)시기의 유신(劉晨, 58-75)을 가리킴. 한(漢)나라 영평(永平) 5년에 유신과 완조(阮肇)가 절강성(浙江省) 천태산(天台山)에 들어가 약초를 캐다가 두 여인을 만났는데, 이 두 여인이 이들을 집으로 초대하자 반년 동안 두 여인의 집에서 머물다 고향에 돌아왔다고 전해짐. 후세에 이 고사는 남녀가 서로 만나는 일을 비유하는 의미로 사용됨.

90) 장생(張生) : 원(元)나라 왕실보(王實甫)가 지은 것으로 알려진 잡극(雜劇) ≪서상기(西廂記)≫에서 여주인공 최앵앵(崔鶯鶯)의 연인으로 등장하는 인물.

홀아비는 숨을 헐떡거리며 말했다.

"어찌 당신만 죽을 지경이겠소? 내 아직 죽지는 않았소만 뼈가 녹아내려 땅에 파묻으려고 해도 파묻을 몸뚱이가 없게 되었으니, 구천십지(九天十地)를 떠돌게 생겼소. 내 혼령이 무산(巫山) 봉우리 사이를 헤매고, 낙수(洛水) 포구 물줄기를 아득하게 좇게 생겼소. 유신(劉晨)이라는 사람은 천태산(天台山)에 들어갔다가 짝을 만났다 하고, 장생(張生)이라는 사람은 서상(西廂)에서 짝을 만났다고 하더니만, 그 풍류가 천년 세월을 지나 넘쳐나고 그 흥취가 이 깊은 밤으로 이어지는구려. 내가 오랫동안 여인네에 굶주려서 그 맛이 새로운 것이 아니라, 당신한테 특별히 색다른 운치가 있기 때문이라오. 일찍이 사근사근한 여인네들을 숱하게 겪어봤지만, 이와 같은 큰 즐거움을 만나지는 못했소. 내 이토록 즐거우니,

◎ 원문 판독

[22a] 喜, 雖九死而無悔." 掩郎口, 曰, "事急, 留絮話於下回." 一鼓下而班師, 雲初散而雨收, 交相抱而相問, "爾我情其孰深?" 自家情而自知, 非他人之可量, 形受稟而各殊, 恨心腸之不聯. 短唱長和, 輕憐痛惜, 繾綣綢繆,[91] 膠漆繩纆, 睡鄕[92]千里, 慾海萬丈, 整旗鼓[93]而賈餘勇, 殫技藝而逞本事, 眞是難覩之奇觀, 亦多不傳之侈誇. 腰律[94]重回幽谷, 身似遊蝶

◎ 현대어 역

[22a] 아홉 번 죽어도 후회되지 않을게요."

과부는 홀아비의 입을 막으며 말했다.

"지금 하는 일이 급하니, 자세한 얘기는 이따가 합시다!"

한번 내려치는 북소리에 군사를 되돌리는 듯하고, 막 흩어진 구름이 비가 되어 몰려오는 듯했다. 서로 껴안고는 누구의 정이 더 깊은가를 묻기도 했다. 제 감정은 저 자신이나 알지 다른 사람이 헤아릴 수 있는 것이 아니다. 그리고 몸뚱이는 제각기 품성을 받았기에 서로 다른 모습을 하고 있는 것이다. 하지만 두 사람의 마음이 이어지지 못함은 한스러웠다. 몇 마디 말을 주고받다 보니 가련하고 애통했다. 두 사람의 두터운 욕정이 서리서리 얽혀서 천 리 밖을 나는 환상 속에 만장(萬丈)의 욕해에 빠져들었다. 다시금 깃발과 북을 정돈하여 온몸에 남아있던 위용을 쏟아 붇고, 갖은 기교를 다 부려가며 일을 끝내려고 했다. 정말 보기 힘든 기이한 광경이자 들어보지도 못한 방자함이었다. 익숙한 가락으로 그윽하게 여인의 음부를 몇 번씩 더듬고 나니,

---

91) 견권주무(繾綣綢繆) : 남녀 간의 끈끈한 연정(戀情).

92) 수향(睡鄕) : 수면 상태 또는 꿈속 세상.

93) 기고(旗鼓) : 싸움터에서 군대를 지휘하고 명령하는 데 쓰는 기와 북. 병력(兵力)과 군세(軍勢)를 비유하여 일컬음.

94) 율(律) : 원래 고대 음률을 교정하는 관 형태의 儀器인 律管이나, 여기에서는 남자의 성기를 비유하는 말로 사용됨.

◎ 원문 판독

[22b] 翩翩, 俄筋骨之都解, 今魂魄而幷銷. “雖天威而無嚴, 豈虎咆之可怕, 仙佛尊而何羨, 皇帝貴而不嗄. 問西界之極樂, 果何如於此間? 衣裾下有珍味, 晉人話眞奇特, 死當葬於是鄉,[95] 漢帝論尤痛快. 謀天下之至樂, 捨此更復何求? 矧吾厭此塵寰, 一念切於無望, 天幸賜此良緣, 無乃得其死所邪? 懷此心而行事, 非伊寡之所知, 情慾外而限死, 幾乎作亦知止.”

◎ 현대어 역

[22b] 몸뚱이가 나비처럼 훨훨 나는가 싶더니, 금세 근육과 뼈가 모두 떨어져 나가 당장에라도 정신을 놓을 것 같았다.

“하늘도 두렵지 않거늘, 호랑이가 으르렁댄들 뭐 두렵겠소? 신선과 부처가 존엄하다고 하지만, 뭐 부러울 게 있겠소? 황제가 존귀한 신분이라고 하지만, 목멘 소리는 하지 않겠소. 서방정토 극락세계가 이곳보다 좋으리까? 치마 속에 참맛이 있다던 진(晉)나라 사람의 말이 참으로 기특하고, 죽어서도 온유향(溫柔鄉)에 묻히겠다던 한나라 황제의 말이 더욱 통쾌하기만 하오. 이 세상에서 가장 큰 즐거움을 찾자면, 이것 말고 또 뭐가 있겠소? 더욱이 내가 이 풍진 세상을 염오하며 희망이 없다는 생각만 하던 터에, 다행히 하늘이 이런 좋은 연분을 내려주셨으니 이제야 목숨 바칠 상대를 찾았소이다! 그런데 내가 이런 생각을 하며 일을 치르고 있다는 걸 당신 같은 과부는 모를게요. 치솟는 정욕 때문에 죽을 지경이 되었지만, 이만큼 해보았으니 이제 그만 멈출 줄도 알아야 하오.”

---

95) 향(鄉) : 아름다운 여인을 비유한 ‘온유향(溫柔鄉)’을 가리킴. 한(漢)나라 성제(成帝)는 가무기(歌舞伎) 출신의 조비연(趙飛燕)의 미색에 빠져 총애하다 훗날 그녀를 황후로 책봉하며, “차라리 온유향에서 술 취해 죽을지언정 무제의 백운향을 부러워하지 않겠다.(寧願醉死溫柔鄉, 不慕武帝白云鄉)”라고 했다고 전함.

◎ 원문 판독

[23a] 寡死去而活來, 樂到極而還苦. 鰥欲窮源, 寡輒塞渡. 鰥方撐篙, 寡先下碇.[96] 鰥要假借,[97] 寡愈靳嗇, 誘之不聽, 威亦罔從. 百般央纏, 一直推拒, 一似遇强暴而圖脫, 一似行劫奸而期遂. 鰥欲打而傷新好之情, 寡擬躲而念虧必從之義.

寡溫語以解譬, 亦斤斤而懇懇, "如牛毛之多日, 日分排猶綽綽, 何君慮之不遠, 乃劫劫

◎ 현대어 역

[23a] 죽다 살아난 과부는 쾌락의 끝에서 고통스러운 현실 속으로 되돌아왔다. 홀아비가 육욕의 발원지를 찾아 나서려고 하면 과부는 자꾸 나루를 막아서고, 홀아비가 삿대를 버티고 있노라면 과부가 먼저 닻을 내려버렸다. 홀아비가 너그럽게 대해줘도 과부는 더 인색하게 굴고, 유혹해도 말을 듣지 않으며, 위엄을 부려도 따라주지 않았다. 온갖 방도로 한참을 매달렸지만, 줄곧 밀쳐내며 홀아비의 요구에 응하지 않았다. 마치 한 사람은 강간당할 상황을 모면하려는 듯했고, 또 한 사람은 겁탈이라도 하겠다는 기세였다. 홀아비는 다그치자니 이제 막 새로 맺어진 좋은 감정을 상하게 할 것 같고, 과부는 몸을 빼자니 필종(必從)의 의리를 허물어뜨릴 것 같았다.

과부는 부드러운 어조로 조심조심 간곡하게 설명했다.

"소 터럭만큼이나 많은 날이 수없이 남아있으니 매일 조금씩 나눠서 해도 되잖아요. 당신은 왜 길게 생각 못하고 조급하게 굴며 절제하지 못하시죠?

---

96) 하정(下碇) : '하정(下椗)'이라고도 함. 배가 정박하거나 부두에 접안하는 것.
97) 가차(假借) : 관용(寬容), 너그러움.

◎ 원문 판독

[23b] 而無度，忘百年之快樂，貪暫時之饒飫？愚如吾而自料，食與色而一般，因飢渴而饕餮，[98] 必喪殞其十九，恃以生者猶然，況戕生之斤斧？[99] 君或健於祿山，妾不淫如太眞，[100] 燧人[101]之火，幾燒玉關，鷄眼之瘡，欲根牝戶.[102] 木石頑而必弊,血肉脆其能全. 閻王宮殿似隔單布，酆都[103]程路不盈一尺，遇郎君而謀生，困衽席而促壽，非徒我之慘絶，君皃樣其

◎ 현대어 역

[23b] 왜 백 년 동안 누릴 쾌락을 망각하고 잠시 잠깐 풍요롭게 지내겠다는 욕심만 부리시는 겁니까? 식욕이나 색욕이나 매한가지예요. 배고프고 목마르다고 하여 함부로 먹어대다가는 십중팔구 목숨을 잃게 되죠. 이런 것쯤은 나 같이 어리석은 사람도 알아요. 그런 양생(養生)의 이치에 따라서 살아가야 하는데, 하물며 생명을 해칠 정도로 지나치게 도끼질만 해댄다면 어떻게 되겠어요? 혹여 당신이 당나라 안녹산(安祿山)보다 강건하다 해도 저는 양귀비처럼 음탕하지 않아요. 수인씨(燧人氏)의 불같은 기운으로 내 아랫도리를 다 불사르다 못해 티눈이 박이도록 하시려 하니, 아무리 단단한 목석도 반드시 부서지기 마련인데 그 물러터진 몸뚱이가 어떻게 온전할 수 있겠어요? 염라대왕 궁궐이 홑겹 베옷 두께만큼이나 가까이 있고, 풍도(酆都)대제가 한 척도 안 되는 거리에 있다오. 낭군을 만나 잘 살아보려다 잠자리에서 녹초가 되어 내 수명을 재촉하게 한다면, 단지 나 혼자만 크게 참혹해지는 게 아니지요. 당신 신세는 또 어떨 것 같소?

---

98) 도철(饕餮) : 전설 속에 등장하는 맹수로서, 재물이나 음식에 탐욕스런 사람을 비유함.

99) 근부(斤斧) : 도끼로 깎아낸다, 지나치게 조탁(雕琢)하다.

100) 태진(太眞) : 당(唐)나라 양귀비(楊貴妃, 719-756)의 별호.

101) 수인(燧人) : 중국 고대 삼 황제(黃帝)의 한 사람. 전설 속의 인물로 불을 사용하는 방법과 식물의 조리하는 방법을 전해 주었다고 함.

102) 빈호(牝戶) : '음호(陰戶)'라고도 함. 여성의 음부.

103) 풍도(酆都) : '풍도대제(酆都大帝)' 또는 '풍도북음대제(酆都北陰大帝)'라고도 함. 사후세계를 관장하는 최고(最高) 신령으로 소개됨.

◎ 원문 판독

[24a] 何似? 君萬一而不諱,[104] 我身世又何境? 鳥驚方[105]而避枝, 人傷虎而忌山, 念疇昔[106]之經過, 夢寐間而猶悸. 諒吾郎之警省, 玆血誠[107]以陳規."[108]

鰥掉頭而搖手, "卿言節節不通! 塚纍纍於北邙, 豈盡死於腹上? 吾平生之所嗜, 唯酒色而無他. 以酒當飯, 以色當肉, 既醉且飽, 氣充血壯, 蔘茸補劑, 鷄狗膏飮, 世多享者, 吾常笑看, 犯房[109]傷寒,[110] 陰虛[111]癆漸,[112] 人多

◎ 현대어 역

[24a] 당신이 만약에 죽기라도 한다면, 내 신세는 어떻게 되겠느냔 말이오? 새가 널조각에 놀라면 나뭇가지에 걸터앉지도 않고, 사람이 호랑이에게 놀라면 산에 오르려고 하지 않는다고 했어요. 예전에 겪었던 일들을 생각하면 꿈에서도 섬뜩하기만 합니다. 우리 낭군께서 잘 헤아려 주시기를 간절히 바라면서 이렇게 진심으로 말씀드리는 겁니다."

그러자 홀아비는 고개를 돌리며 손사래를 쳤다.

"당신 하는 말들은 구구절절 이해가 되지 않소이다. 북망산에 무덤들이 숱하게 늘어져 있다지만, 어찌 죄다 여인네 배 위에서 죽었겠느냐 말이오. 내 평생 좋아한 거라고는 술과 여색뿐이라서, 술을 밥으로 삼고 여색으로 고기를 대신하곤 했소. 술에 흠뻑 취해 배부르면 기운이 솟고 혈기가 왕성해 졌다오. 세상 사람들이 인삼, 녹용 같은 보약이나 닭고기, 개고기처럼 기름진 음식을 많이 즐기는 것을 나는 늘 비웃어 왔소. 그리고 과도한 육체관계로 인한 상한증이나 신장 기능 약화로 인한 체력고갈 따위를 난 지금껏 두려워하지 않았소.

---

104) 불휘(不諱) : '죽다'의 완곡한 표현。
105) 방(方) : 새둥지.
106) 주석(疇昔) : 일전(日前), 이전.
107) 혈성(血誠) : '적성(赤誠)'이라고도 함. 지극히 진실한 마음.
108) 규(規) : 권고, 건의. 온화하면서 강한 권고를 의미함.
109) 범방(犯房) : 남녀가 성적으로 관계하는 방사(房事).
110) 상한(傷寒) : 세균전염성 고열 증상.
111) 음허(陰虛) : 간장이나 신장의 기능이 약해지는 증상.
112) 노점(癆漸) : 몸이 점점 수척하고 쇠약해지는 증상.

◎ 원문 판독

[24b] 患者, 吾曾不怕. 人壽夭之不齊, 落席初已有定, 我有命而在天, 御十女而何傷? 夜一刻而千金, 酒三盃而萬戶. 巧陰陽之有具, 宜交合之無間. '作之不已, 乃成君子',[113] 前修格言, 吾已服膺. 吾道一以貫之, 君亦知夫聖曰, '無金玉爾陰, 卽好是懿德.'[114] 比而賦也, 興而起哉! 如復執拗, 誓吊裳帶." 堅握纖手, 跪而包[115]歡. 寡見此狀, 丁寧色狂, 且驚且怕, 乃

◎ 현대어 역

[24b] 사람이 장수할지 요절할는지는 포대기 위에 떨어져 나오는 순간부터 이미 정해지는 것이라오. 이처럼 내 목숨이 하늘에 달려 있는데, 여인네 열 명쯤 거느린다 하여 뭐 몸 상할 게 있겠소? 늦은 밤 여인과 함께 있는 일각(一刻)은 천금(千金)만큼이나 소중하고, 주고받는 술 석 잔은 만호(萬戶)만큼의 가치가 있다고 했소. 공교롭게도 남녀가 한자리에 있게 되고 보니 쉴 새 없이 성관계를 했던 것이라오. '부단히 하다 보면 군자가 된다.'라고 했소. 난 예전에 배웠던 이 격언을 가슴에 새겨두고 잊지 않는다오. '우리의 도는 일이관지(一以貫之)하는 것이다.'라고 했는데, 당신은 이 또한 공자님께서 하신 말씀이라는 것을 아시는가? '네 아랫도리 내주는 것에 인색하지 마라. 이 아름다운 덕을 좋아함이니라!' 이것은 옛 경전 구절에 빗대어 지어낸 말이면서도 내 생각이기도 하오. 만약 또 한 번 고집을 부렸다간, 맹세컨대 치마끈으로 목을 매달 줄 아시오!"

가냘픈 과부의 손을 꽉 움켜잡더니, 무릎을 꿇은 채 껴안고 기뻐했다.

과부가 이런 모습을 바라보고 있자니, 정녕 호색한이 따로 없었다. 놀라 두렵기까지 했다.

---

113) 춘추시대에 위(魏)나라 왕이 노중련(魯仲連)을 가리켜 겉과 속이 다른 사람이라고 비평하자, 대신이었던 공빈(孔斌)이 "부단히 하다보면 군자가 된다."라고 응대했다고 전함.

114) ≪시경(詩經)·대아(大雅)·증민(烝民)≫의 "사람이 떳떳한 본성을 가진지라 이 아름다운 덕을 좋아하도다.(民之秉彝 好是懿德.)"라는 구절을 빌어다 지어낸 말.

115) 포(包) : '抱'자의 통용자. 포옹하다.

원문 판독

[25a] 悔乃恨, 依托違望, 性命奚顧? 悲嗚咽而摽辟,[116] 如衙門之擂鼓, 身倏飜而倒地, 氣奄奄而將絶, 雖千呼而萬喚, 詎能聞而有應? 接鼻息而不出, 接手足又漸寒.

鰥兩目瞠然, 撫寡自語, 曰, "雖云婦人性褊,[117] 誰知爾又忒乖? 方纔歡天喜地, 恩山情海, 求悅己而粥粥,[118] 恨不逢於三歲, 無端勃谿,[119] 要爲釰制, 可憐蛾眉,[120] 忽然蟻命.[121] 正如櫝中之玉自碎,

현대어 역

[25a] 또한 후회될 뿐만 아니라 한심하기까지 했다. 이런 사람한테 몸을 맡기려고 했던 기대마저 어긋났으니, 이 목숨을 어찌 돌볼꼬? 비통함에 목이 메어 관아 문전에서 북채를 내려치듯 제 가슴팍을 후려쳤다. 그러더니 느닷없이 획 땅바닥에 거꾸러져 금방이라도 죽을 듯이 숨만 간들간들하는 것이었다. 천만 번을 소리쳐 불러댄들, 어떻게 듣고 대답이나 할 수 있으랴? 손을 코에 대보니 숨도 내쉬지 않고, 손발을 만져보니 점점 싸늘해지고 있었다.

홀아비는 두 눈을 휘둥그레 뜨고, 과부를 어루만지며 혼자 중얼거렸다.

"비록 부인네 성미가 급하다고들 했지만, 당신도 지나치게 비정상적일 것이라는 것을 또 알기나 했겠는가? 이제 막 사방 천지를 채울 만큼의 희열을 품고, 산과 바다 같이 큰 고마움을 느끼고 있었는데 말이오. 나를 기쁘게 해줄 사람을 만나게 되어 닭처럼 푸드덕거리며, 세 살 때에 만나지 못한 것을 한탄하던 중이었는데……. 까닭 없이 서로 티격태격하다가 칼로 베어지듯이 제재당하고, 곱디고운 사람이 홀연 개미 목숨처럼 되려 하다니, 마치 궤 속의 옥이 저절로 부스러지고 탁발 속의 꽃이 순식간에 사라져 버린 꼴이오!

---

116) 벽(辟) : '擗'자의 통용자. 가슴을 치다.
117) 편(褊) : 성미가 급하다.
118) 죽죽(粥粥) : 닭들이 서로를 부르는 소리. 여기에서는 시끄럽게 떠드는 소리를 일컬음.
119) 발계(勃谿) : 집안사람끼리 싸움을 하다.
120) 아미(蛾眉) : 미인의 수려한 눈썹. 미녀 또는 아름다운 자태를 비유한 말.
121) 의명(蟻命) : 개미처럼 미천한 생명.

원문 판독

[25b] 鉢裏之花乍空, 是誠何心, 不可度思! 雖然, 旣不被打脈毒, 自無外破內傷, 數拳搥胸, 何遽至此. 如曰嚇人, 豈其尻息?122) 或者亡過內婿, 能有精靈崇祟, 同犯奸律, 我首爾從, 豈肯饒我, 乃偏責爾? 鬼神之德其盛, 必不若是欠公. 假使鬼責眞實無疑, 意不屬於巫咸,123) 術可借於神農. 嘗見人家治急病, 無過一貼回生散."

脚出戶而如飛, 邀醫

현대어 역

[25b] 이게 정말 무슨 심산인지 도무지 알 수가 없구려! 그렇다 해도 얻어맞았거나 독약을 먹은 것도 아니고, 찢기거나 내상을 입은 것도 아니지 않소! 주먹으로 제 가슴을 좀 두들겼기로서니 어떻게 느닷없이 이렇게 되었단 말이오? 당신을 놀라게 하려고 했다면, 내 어찌 이불 속 재미에 열중하던 걸 멈추었겠소? 혹여 세상 뜬 남편에게 재앙을 내릴 수 있는 정령(精靈)이라도 붙어있는 게요? 함께 정을 통했다지만 내가 당신을 따라다녔던 것인데, 왜 날 그냥 놔두고 굳이 당신을 꾸짖는 게요? 귀신의 조화가 대단하다 해도 반드시 이렇듯 불공평하지는 않을 텐데……. 정령 귀신이 벌을 내린 거라 하더라도, 무함에게 맡길 수는 없으나 신농씨의 의술은 빌릴 수 있을게요. 예전에 어떤 사람이 발작을 일으켰을 때, 고작 회생산(回生散) 한 첩으로 진정시키는 걸 본 적이 있다오."

날아갈 듯이 집 밖으로 뛰쳐나와 다급하게 십 리 밖에 있는 의원을 모시러 갔다.

122) 고(尻) : 남자가 여자에게 하는 성행위를 가리키는 속어.

123) 무함(巫咸) : 중국 황제(黃帝) 때 인간의 사생(死生), 존망(存亡), 화복(禍福), 수요(壽夭) 등의 운명을 잘 알아맞혔다는 신무(神巫) 계함(季咸)을 가리킴.

◎ 원문 판독

[26a] 師於十里, 夜色沉沉如漆, 路不辨於尺地, 雪半消而氷滑, 自十顚而九倒. 忙過松林一隅, 雙燈煌煌光射. 欲前進而後却, 拭兩眼而審視, 有如山之大虎, 紋彪炳[124]而班班. 忽起身而人語, "爾淫傖![125] 其靜聽![126] 爾誘寡而酣暢, 敢肆言而無忌. 雖天威無嚴, 豈虎咆之可怕? 此何之說話搖脣舌於醜場? 天震怒而命我, 嚼爾於此地, 爾果不知怕乎?" 遂咆哮而向前,

◎ 현대어 역

[26a] 칠흑같이 어두운 밤이라서 지척 앞도 분간할 수 없었고, 길 위엔 눈이 반쯤 녹아 빙판처럼 미끄러웠다. 수십 차례 혼자 나자빠지며 소나무 숲 모퉁이를 바삐 지나는데, 등불 두 개가 번쩍번쩍 빛을 내고 있었다. 앞으로 나가려다 뒤로 물러서서 두 눈을 비비고 자세히 살펴보았다. 얼룩덜룩하고 광채가 선명히 드러나는 것이 산처럼 큰 호랑이였다. 호랑이가 갑자기 벌떡 일어나 사람처럼 말을 하는 것이었다.

"네 이 음탕한 놈, 잘 들어라! 네가 과부를 꾀어 한참 재미를 볼 적에, 감히 거리낌 없이 '하늘도 두렵지 않거늘, 호랑이가 으르렁댄들 뭐 두렵겠냐?'라고 지껄였겠다! 이게 무슨 말이라고 그 추잡한 곳에서 입술과 혀를 놀렸는고? 하늘이 진노하여 나한테 여기에서 네놈을 잡아먹으라고 명을 내리셨다. 네놈은 과연 정말 두려움을 모르느냐?"

그러더니 으르렁대며 홀아비 앞으로 달려들었다.

124) 표병(彪炳) : 호랑이의 털 무늬. '병표(炳彪)'라고도 함.
125) 음창(淫傖) : 음탕하고 문란하다.
126) 정청(靜聽) : 자세히 듣다.

◎ 원문 판독

[26b] 鰥神魂飛越, 拚命急逃, 跌一足而倒落, 千丈之壁如削, 大叫一聲而驚覺, 乃辰時之夢幻也.

鰥眵睫[127]初開, 迷魂漸醒, 威倀[128]如恐眼際, 驚猿猶跳心窩. 整枕伸膝, 靜繹夢境, 始微終瞭, 首尾一場, 歷歷無遺, 宛是曾經之實事, 不似暫幻之妄境. 恍惚彷彿, 如可追蹤, 怊悵嗟惜, 亦難定情.

遂謁寄夢軒主人, 而述其夢甚詳, 恨夢之不長

◎ 현대어 역

[26b] 혼비백산한 홀아비는 안간힘을 다하여 급히 달아나려다가 그만 한쪽 발을 헛디뎌 깎아지른 천 장(丈) 절벽 아래로 떨어졌다. 크게 소리치며 깜짝 놀라 깨어보니, 바로 한낮의 꿈이었다.

홀아비는 그제야 눈을 떴다. 혼미했던 정신이 차츰 되돌아왔다. 마치 무서운 창귀(倀鬼)가 눈앞에서 겁을 먹은 듯하고, 놀란 원숭이가 가슴팍에서 퍼드덕 뛰는 듯했다. 베개를 가지런히 하고 다리를 뻗은 채 가만히 꿈꾸었던 장면들을 엮어보았다. 처음에는 어렴풋하더니 나중에는 뚜렷하게 생각났다. 처음부터 끝까지 벌어진 장면들이 마치 한 번쯤 겪었던 실제상황이라도 되는 듯 모두 역력하게 떠올랐다. 잠시 벌어진 환상의 공허한 꿈 이야기가 아닌 것 같았다. 너무나 황홀했고 생생하여 그 꿈속 상황들을 더듬어 찾아갈 수 있을 것만 같았다. 슬프고도 안타까운 마음을 진정시키기 어려웠다.

마침내 기몽헌(寄夢軒) 주인을 찾아가 그 꿈에 대해 소상히 이야기했다. 그리고 꿈이 오래 지속되지 못함을 한탄했다.

---

127) 치첩(眵睫) : 눈물과 눈썹. 여기에서는 눈을 가리킴.

128) 창(倀) : 호랑이에게 물려 죽은 사람의 영혼 또는 귀신[창귀(倀鬼)].

◎ 원문 판독

[27a] 而不能續. 主人曰, “吁! 爾居夢思夢, 以夢說夢, 是夢中之夢, 尙在未覺.” 鰥曰, “夢中之夢, 蒙未能喩, 請賜明敎焉.” 主人曰, “凡人形開則覺而爲事之實, 魂交則寐而爲夢之虛. 一刻之覺夢, 一形之開闔. 一形之開闔, 一性之往來. 一往一來, 死生是幻. 一死一生, 終始是夢. 覺不爲覺, 實不爲實, 物不爲物, 我不爲我, 擧世皆寐, 天下一夢. 然則衮

◎ 현대어 역

[27a] 기몽헌의 주인이 그에게 말했다.

“에헤! 당신은 꿈속에서 꿈꾼 것들을 생각하며, 그 꿈속의 꿈을 꿈이라 하시는구려. 이는 꿈속의 꿈이 아직 깨지 않은 게요.”

홀아비가 말했다.

“꿈속의 꿈이라니요? 저는 이해가 되지 않는데요. 명쾌하게 좀 가르쳐 주세요.”

기몽헌 주인이 말했다.

“무릇 사람은 잠에서 깨어나면 보고들은 것들을 사실로 받아들이고, 또 잠이 들면 꿈속의 허상을 만들게 되지요. 그 짧은 일각(一刻)에 깨어있다는 것과 꿈을 꾼다는 것은 그저 형체가 열고 닫힌다는 것이며, 형체가 열고 닫힌다는 것은 성정이 왕래하는 것입니다. 한 번 오고 한 번 가야 하니 죽음과 삶이 환상이고, 한 번 죽고 한 번 살게 되니 처음부터 끝까지 꿈을 꾸고 있는 것입니다. 그러므로 깨어있어도 깨어있는 것이 아니고, 사실이라 여기는 것도 사실이 아니지요. 또한 외물도 외물이 아니고, 나라고 여기는 것도 내가 아니니, 온 세상이 꿈과 같은 것이지요.

◎ 원문 판독

[27b] 冕繡裳, 垂拱平章,[129] 帝王之夢也. 玉帛朝覲, 守彊述職, 諸侯之夢也. 燮理二氣, 贊襄万機, 宰相之夢也. 坐鎭一方, 宣化黜陟, 方伯之夢也. 撫字黎庶, 勸課農桑, 守令之夢也. 運籌決勝, 攻城略地, 將帥之夢也. 衝冒鋒鏑, 蹈水火, 士卒之夢也. 專對傳情, 內熱飮氷, 使价之夢也. 一邱一壑, 守淡樂道, 隱逸之夢也. 辭鋒縱橫, 口如懸河, 辨士之夢也.

◎ 현대어 역

[27b] 그렇기에 제왕은 곤룡포며 면류관이며 화려하게 장식한 옷을 차려입고, 태평성대를 노래하며 백성을 공평하게 잘 다스리는 꿈을 꿉니다. 제후는 옥과 비단으로 치장하고 조정에 나아가 천자를 배알하고, 영토를 수호하고 자기의 소임을 천자께 아뢰는 꿈을 꿉니다. 재상은 음양의 두 기운을 잘 다스리고, 정치의 중요한 기틀을 마련하여 군왕의 치적을 쌓는 꿈을 꿉니다. 관찰사는 한 지방의 민심을 안정시키고, 교화를 펼쳐 간교한 사람을 몰아내고 인재를 등용하는 꿈을 꿉니다. 수령은 백성을 사랑으로 보살피고, 농사짓기와 누에치기와 같은 일거리를 나눠주고 권장하는 꿈을 꿉니다. 장수는 계략을 잘 써서 전쟁을 승리로 이끌고, 성곽을 공략하여 영토를 확장하는 꿈을 꿉니다. 병졸은 날카로운 무기를 휘두르며 적진에 뛰어들어, 위험을 무릅쓰고 나아가는 꿈을 꿉니다. 사신은 대국(大國)에 향하여 자국(自國)의 정황을 전하는 와중에 속이 타서 얼음이라도 먹었으면 하는 꿈을 꿉니다. 속세를 떠난 사람들은 구릉이나 골짜기 한편에서 살면서, 담박한 정조를 지키며 즐겁게 수도하는 꿈을 꿉니다. 변론가는 예리한 언사로 자유분방하게 담론하고, 입으로 폭포수처럼 유창하게 담론을 퍼붓는 꿈을 꿉니다.

---

129) 평장(平章) : 토의하다. 협의하다.

◎ 원문 판독

[28a] 釰築慷慨, 輕生重義, 俠烈之夢也. 扶犁把鋤, 深耕易耨, 農夫之夢也. 貿遷有無, 逐末爭利, 商賈之夢也. 巧制精造, 殫技利用, 工匠之夢也. 變幻仙鬼, 迷眩視聽, 技戲之夢也. 嫖賭沉湎, 浮浪破落, 蕩子之夢也. 艷冶嬌裊, 歌舞吹彈, 妓姬之夢也. 沿路呼號, 望門乞怜, 丐兒之夢也. 曰仁曰義, 說性說理, 儒家之夢也. 修練葆眞, 蟬蛻滓濁, 仙家之夢也. 幻

◎ 현대어 역

[28a] 열사는 칼을 들어 복받치는 의분을 다지며, 제 목숨을 버려서라도 의리를 중히 여기고자 하는 꿈을 꿉니다. 농부는 쟁기와 호미를 들고서, 밭을 깊이 갈고 김을 잘 매고자 하는 꿈을 꿉니다. 장사꾼은 갖고 있는 물건과 갖고 있지 않은 물품을 교역하며, 결국에는 이윤을 얻으려는 꿈을 꿉니다. 장인은 정교하게 물건을 만들고, 온갖 기술을 부려 사람들이 사용하기 편하게 하려는 꿈을 꿉니다. 광대는 신선이나 귀신으로 변신하며, 보고 듣는 것을 현란하게 하는 꿈을 꿉니다. 방탕한 사람은 계집질이며 도박이며 술독에 빠지고, 이리저리 떠돌다 결국 파산해 몰락하는 꿈을 꿉니다. 기생은 농염하게 치장하고, 가무를 벌이고 악기를 연주하는 꿈을 꿉니다. 걸인은 길가에서 소리치며, 남의 집 대문을 향해 동정을 구걸하는 꿈을 꿉니다. 유가(儒家)의 선비는 인의에 대해 얘기하고, 성리(性理)에 대해 설명하는 꿈을 꿉니다. 선도(仙道)를 닦는 사람은 수련을 통해 천진한 본성을 기르고, 속세의 혼탁함을 벗어 버리는 꿈을 꿉니다.

◎ 원문 판독

[28b] 現輪回, 不生不滅, 釋家之夢也. 星相堪輿, 醫筮筭數, 術家之夢也. 宗廟社稷, 城郭市朝, 都會之夢也. 揖讓進退, 威儀三千, 禮之夢也. 五聲八音, 陽律陰呂, 樂之夢也. 威鳳慈麟, 靈芝甘露, 祥瑞之夢也. 提要鉤玄, 英華燦發, 文章之夢也. 九府泉刀,[130] 太倉[131]紅陳,[132] 錢穀之夢也. 錦繡綺羅, 氷綃霧穀,[133] 衣服之夢也. 九穀膏腴, 五味調和, 飮食之夢也. 山珍海

◎ 현대어 역

[28b] 불가의 사람은 공허한 윤회를 담론하고, 불생불멸을 설론하는 꿈을 꿉니다. 방술(方術)에 정통한 사람은 별자리, 관상, 풍수, 의술, 점술, 산법에 능란하고자 하는 꿈을 꿉니다. 도읍을 관리하는 사람은 종묘와 사직, 성곽과 시장을 모두 갖추려는 꿈을 꿉니다. 예법을 관장하는 사람은 읍양진퇴의 법도를 중시하고, 위엄 있는 수많은 의식을 가르치려는 꿈을 꿉니다. 음악을 관장하는 사람은 오성(五聲)과 팔음(八音)을 맞추고, 양률(陽律)과 음려(陰呂)를 조화롭게 하려는 꿈을 꿉니다. 상서로운 기운을 갖은 사람은 위엄 있는 봉황과 자비로운 기린, 영지와 감로가 이 세상에 모습을 드러내게 하려는 꿈을 꿉니다. 문장을 짓는 사람은 글 속에서 요점을 끄집어내고 현묘한 이치를 찾아내어, 영화(英華)를 찬란하게 펼쳐내려는 꿈을 꿉니다. 재무를 관장하는 사람은 구부(九府)에 돈을 가득 쌓아놓고, 곡식을 보관하는 태창(太倉)에 붉게 곰팡이가 필 정도로 묵은 곡식이 넘쳐나게 하는 꿈을 꿉니다. 옷을 짓는 사람은 비단 위에 고운 수와 무늬를 넣고, 얼음처럼 투명한 생사와 안개처럼 섬세한 비단을 재료로 삼는 꿈을 꿉니다. 음식을 만드는 사람은 아홉 가지 곡식으로 기름지고 풍족하게 밥을 짓고, 다섯 가지 맛으로 조화를 이루는 꿈을 꿉니다.

---

130) 천도(泉刀) : '천(泉)'과 '도(刀)'는 모두 고대 화폐를 가리킴.
131) 태창(太倉) : 도성에서 곡식을 보관하던 창고.
132) 홍진(紅陳) : 붉게 곰팡이가 피어 먹지 못하게 된 묵은 곡식이 많음. 여기에서는 곡식의 풍요로움을 표현함. '홍진진(紅陳陳)'의 줄임말.
133) 무곡(霧穀) : 비단의 일종으로 섬세하기가 안개와 같다하여 붙여진 이름.

◎ 원문 판독

[29a] 錯, 佳釀美醞, 享讌之夢也. 博弈樗蒲, 輸贏百萬, 賭技之夢也. 玉籤[134]錦帙, 繪寫後素,[135] 書畫之夢也. 翠輦[136]金輿, 驥騏駃騠, 乘御之夢也. 宮殿樓閣, 臺榭觀亭, 居處之夢也. 風雲月露, 暮朝異觀, 景致之夢也. 烟霞泉石, 洞天福地,[137] 幽勝之夢也. 花卉禽魚, 園池淸邃, 遊賞之夢也. 高山大海, 衍原曠野, 騁驪之夢也. 高牙大纛,[138] 列鼎重茵,[139] 富

◎ 현대어 역

[29a] 향연을 베푸는 사람은 산해진미를 잔뜩 마련하고, 잘 빚은 술을 차려내는 꿈을 꿉니다. 노름꾼은 장기, 바둑, 윷놀이 등을 하며, 수없이 잃고 따면서 이를 계속하는 꿈을 꿉니다. 서화를 하는 사람은 옥첨(玉籤)이 달린 비단표지의 책갑(冊匣)을 꽂아놓고, 흰 바탕 위에 그림을 그리고 붓글씨 쓰는 꿈을 꿉니다. 수레꾼은 임금님이 타시는 취련(翠輦)이나 금여(金輿)를 끌며, 준마를 몰고 내달리는 꿈을 꿉니다. 건축물을 아름답게 만드는 사람은 궁전이나 누각, 망루나 정자 등을 조화롭게 배치하는 꿈을 꿉니다. 빼어난 경치를 즐기는 사람은 바람과 구름, 달과 이슬, 그리고 아침과 저녁의 서로 다른 풍경을 보려는 꿈을 꿉니다. 그윽한 풍광을 즐기는 사람은 안개와 노을, 맑은 샘물과 암석들이 어우러지고, 신선이 살 법한 심원한 곳으로 가려는 꿈을 꿉니다. 한가히 거닐며 감상하고자 하는 사람은 화초, 새, 물고기로 정원과 연못을 청아하고 그윽하게 꾸미는 꿈을 꿉니다. 말 위에 올라탄 사람은 높은 산과 넓은 바다, 비옥한 광야를 내달리는 꿈을 꿉니다. 부귀한 사람은 높은 지위에 올라, 음식을 먹을 때는 솥들을 죽 늘어놓고 잘 때는 두터운 비단 이불을 깔고 드러눕는 꿈을 꿉니다.

---

134) 옥첨(玉籤) : 책갑이 벗겨지지 않도록 옥으로 만들어 끼우던 뾰족한 찌.

135) 회사후소(繪寫後素) : 흰색 바탕에 그림을 그리는 것.

136) 취련(翠輦) : 취우(翠羽)로 장식한 제왕의 거가(車駕).

137) 동천(洞天) : 도교에서 신선이나 도사들이 산다는 '십대동천(十大洞天)', 삼십육소동천(三十六小洞天), '칠십이복지(七十二福地)'의 통칭. 후세에는 경치 좋은 곳을 일컫는 말로 쓰임.

138) 고아대독(高牙大纛) : 장군을 상징하는 깃발 또는 지위 높은 사람을 상징하는 의장(儀仗).

139) 중인(重茵) : 두 겹으로 만든 깔개 또는 요. '중인(重鞇)' 또는 '중인(重裀)'이라고도 함.

원문 판독

[29b] 貴之夢也. 被褐啖菜, 飢寒倦辱, 貧賤之夢也. 殘燈空床, 孤苦凄凉, 怨曠140)之夢也. 械縲殘命, 刀斧餘魂, 刑辟之夢也. 宛轉呻吟, 藥餌將養, 疾病之夢也. 珠襦玉匣, 萬人祖送, 營葱之夢也. 夢境雖萬而其爲夢則一也. 治亂安危, 興亡盛衰, 家國之夢無定. 壽夭榮悴, 得失毁譽, 一身之夢不齊. 隱羞讓辨, 喜怒哀樂, 性情之夢各殊而

현대어 역

[29b] 빈천한 사람은 베옷을 걸치고 채소나 먹으며, 배고픔과 추위에 지치고 수치를 당하는 꿈을 꿉니다. 남편이나 마누라 잃고 혼자된 사람은 가물거리는 등불 아래 텅 빈 잠자리에 누워, 외롭고 처량하게 살아가는 꿈을 꿉니다. 형벌을 집행하는 사람은 얼마 살지 못할 죄인을 형틀에 묶어 놓고, 칼과 도끼로 목을 베는 꿈을 꿉니다. 질병에 걸린 사람은 이리저리 나뒹굴며 신음하고, 약물이나 먹으며 연명하는 꿈을 꿉니다. 장례 지내는 사람은 돌아가신 조상에게 구슬 장식 수의(壽衣)를 입히고 옥으로 만든 관 속에 눕혀, 만인의 전송을 받으며 하늘로 가시게 하는 꿈을 꿉니다.

이처럼 비록 꿈꾸는 상황들은 수만 가지일망정 그 모두가 꿈이라는 것은 매한가지지요. 치란안위(治亂安危)와 흥망성쇠(興亡盛衰) 등의 상황들은 작게는 집안에서, 크게는 나라에 이르기까지 추구하는 꿈이 일정하지 않기 때문에 생겨난 것입니다. 장수하거나 요절하는 것, 영화를 누리며 살거나 초췌하게 사는 것, 얻고 잃음, 영예롭지 못함과 영예로움 등의 상황들은 한 인간이 누리고자 하는 꿈이 달라서 생겨난 것입니다. 인(仁)에서 우러나는 측은지심(惻隱之心)이나 의(義)에서 우러나는 수오지심(羞惡之心), 예(禮)에서 우러나는 사양지심(辭讓之心)이나 지(知)에서 우러나는 시비지심(是非之心), 그리고 희노애락(喜怒哀樂) 등의 여러 감정은 사람들이 성정(性情)에 따라 각기 다른 꿈을 꾸기 때문에 생겨난 것입니다.

140) 원광(怨曠) : 남편이 없는 여자 또는 아내가 없는 남자.

◎ 원문 판독

[30a] 其爲夢則一也. 先我而夢, 爲古之夢. 並我而夢, 爲今之夢. 古今之夢不同而其爲夛[141]則一也. 今日之夢非昨日之夛, 人之夢異我之夢, 而其爲夛則一也. 境境是夛, 物物是幻, 夢中世界, 誰知其夢? 夢之中又有夛焉. 華胥之夢,[142] 槐安之夛,[143] 蝴蝶之夢,[144] 龜鹿之夢[145]是也. 方其夛也, 不知其夛, 覺而始知. 又占其夛而獻其夛, 是在夢中而

◎ 현대어 역

[30a] 그러나 그 모든 꿈이 끝내 허망하게 되고 마는 것은 매한가지지요. 나보다 먼저 꿈을 꾸었다면 옛 꿈이 되는 것이고, 나와 나란히 꿈을 꾸었다면 현재의 꿈이 되는 것입니다. 그러므로 옛날에 꾸었느냐 지금 꾸었느냐 하는 것은 다를지언정, 그것들이 꿈이라는 것은 매한가지입니다. 오늘 꾼 꿈이 어제 꾼 꿈이 아니고 남들이 꾼 꿈이 내 꿈과 다를지언정, 그것들이 꿈이라는 것은 매한

---

141) 몽(夛) : 우리나라에서만 사용된 '夢'의 속자.

142) 화서지몽(華胥之夢) : 화서의 꿈이란 뜻으로, 좋은 꿈이나 낮잠을 비유함. 화서(華胥)는 ≪열자(列子)·황제(黃帝)≫에 나오는 말로, 도가(道家)에서 말하는 자연무위(自然無爲)의 이상향을 일컬음. 일설에는 고대 伏羲氏의 母親로 소개됨.

143) 괴안지몽(槐安之夢) : 당(唐)나라 순우분(淳于棼)이 괴목(槐木)의 남쪽 가지 아래에 누워서 잠이 들었는데, 꿈속에 괴안국(槐安國)에 가서 부귀영화를 누리다가 꿈을 깨어 괴목 아래를 보니 큰 개미굴이 있었다는 남가일몽(南柯一夢)의 고사에서 유래한 말.

144) 호접지몽(蝴蝶之夢) : ≪장자(莊子)·제물(齊物)≫의 마지막에 수록된 사람이 꿈속에 호랑나비가 되었는지, 호랑나비가 꿈속에 사람이 되었는지 모르겠다는 호접몽(蝴蝶夢)의 고사에서 유래한 말.

145) 구록지몽(龜鹿之夢) : '구록(龜鹿)'은 '초록(蕉鹿)'의 오기인 것으로 보임. "옛날 정(鄭)나라 사람이 땔나무를 하러 갔다가 사슴을 잡아 가지고 남이 볼까 봐 깊은 구덩이에 감춰 두고 파초 잎으로 덮어놓고는 좋아서 어쩔 줄을 모르다가, 이윽고 그 사슴 감춰 둔 곳을 잊어버리고는 마침내 꿈이라 여기고 길을 가면서 계속 그 사실을 혼자 중얼거리고 있으므로, 곁에서 그 말을 들은 자가 마침내 그의 말대로 그곳을 찾아가 사슴을 취하고, 그가 집에 돌아가서는 아내에게 말하기를 "아까 땔나무하던 사람은 꿈에 사슴을 얻고도 그곳을 알지 못했고, 내가 지금 그 사슴을 얻었으니, 저 사람은 참으로 꿈을 꾼 사람일 뿐인 것이다.(向薪者夢得鹿而不知其處 吾今得之 彼直眞夢者矣.)"라고 했다는 고사에서 유래한 말.

가지입니다. 맞닥친 상황들이 꿈이고 접하는 사물들이 환상이니, 누가 꿈속에서 만난 세계가 꿈이었다는 것을 알기나 하겠습니까?

꿈속에서 또 꿈을 꾸었다는 이야기는 더러 있지요. 그 옛날 황제(黃帝)는 화서씨(華胥氏)가 다스렸다던 나라를 구경하는 꿈을 꾸었다고 합니다. 당나라 순우분(淳于棼)은 괴안국(槐安國)에 가서 부귀영화를 누리는 꿈을 꾸었다고 합니다. ≪장자≫에는 사람의 꿈속에서 호랑나비가 된 것인지 호랑나비의 꿈속에서 사람이 된 것인지 모르겠다고 하는 호접몽(蝴蝶夢)의 이야기가 실려 있습니다. 옛날 정(鄭)나라 사람은 산에서 잡은 사슴을 몰래 혼자 가지려고 파초로 덮어놓았는데, 나중에 그 장소를 다시 찾지 못했다고 합니다. 그래서 아쉽고 허탈한 심정을 안고, 이런 횡재와 허망함을 꿈이라고 치부했다는 초록몽(蕉鹿夢)의 이야기도 있습니다.

꿈속에 있을 때는 그것이 꿈이라는 것을 깨닫지 못하다가 정신이 든 후에야 비로소 깨닫게 되지요. 또한 그 꿈이 길몽인지 흉몽인지 점치며 이러쿵저러쿵 이야기하는데, 이것은 꿈속에 있으면서 꿈속의 꿈이 길몽인지 흉몽인지 점을 쳐보는 것입니다.

◎ 원문 판독

[30b] 占夛中之夛也. 夛中覺夢, 未可以爲覺, 覺與不覺, 均爲一夢也. 何夢是幻, 何夢是眞? 何夛是短, 何夢是長? 世如夛而我不知其夛, 夛如世而我不知其覺, 世已有我, 夢亦有我, 我知有我, 夛常非夢. 夢而不知覺, 故不以夢爲幻. 覺而不知夢, 故不以覺爲眞. 惟大覺然後能知是世夢, 知夢是幻, 知物非物, 知我非我也. 爾如未悟, 我

◎ 현대어 역

[30b] 꿈속에서 정신이 들었다고 해도 정말 꿈에서 깨어난 것은 아니니, 꿈속에서는 깨어난 것이나 깨어나지 않은 것이나 모두 매한가지입니다. 그러니 어떤 꿈이 환상이고 어떤 꿈이 진실이라고 할 수 있겠습니까? 또 어떤 꿈을 짧다 하고 어떤 꿈을 길다고 하겠습니까? 이 세상이 꿈속에서 본 세상과 같으니 내가 그 꿈속에서 꿈을 꾸고 있다는 것을 알지 못하고, 또한 꿈속의 세상이 이 세상과 같으니 내가 무슨 꿈을 꾸고 있는지 알지 못하는 것입니다. 그러나 이 세상 속에 이미 내가 존재하고 꿈속에도 내가 존재하며, 내 꿈 안에 내가 존재하고 있음을 안다면 꿈이라고 해서 항상 같은 꿈인 것은 아니지요. 꿈을 꾸면서도 깨어날 줄 모르니 그 꿈을 환상이라 여기지도 못하고, 깨어나도 그것이 꿈인 것을 모르니 깨어났다는 것을 진실로 받아들이지 못하는 것입니다. 오로지 이런 이치를 크게 깨달은 뒤에야 이 세상이 그저 하나의 꿈이었음을 깨닫게 되는 것입니다. 또한 이 꿈에서 본 것이라도 저 꿈에서 보면 환상이고, 이 꿈에서 접했던 사물이라도 저 꿈에서 보면 이전 꿈에서 접했던 똑같은 사물이 아니며, 이 꿈에서 나라고 여겼던 것도 저 꿈에서는 내가 아니었음을 깨닫게 되는 것입니다.

아직도 이런 이치를 깨닫지 못하겠다면, 내가 당신의 꿈 이야기를 예로 들어 설명하리다.

◎ 원문 판독

[31a] 以爾喩. 爾自彼來, 爾自此去, 是爾之去來也. 來此彼爲夢, 去彼此爲夢, 去來彼此, 俱爲一夢也. 俄之言而今之默, 俄之立而今之坐, 一言一立, 亦復一夢也. 昨夜夢寡之爾, 是今日夢我之爾, 則昨夜之爾, 一是夢中之爾也, 何置欣慽於夢中之夢乎? 非徒爾之問我是夢也, 我謂爾夢亦夢也, 以夢問夢, 以夢對夢, 是又爾我之夢

◎ 현대어 역

[31a] 당신이 저쪽 꿈에서 왔다가 이쪽 꿈으로부터 떠나간다면, 이는 당신이 꿈속을 오가는 것이지요. 이쪽 꿈에서 나오면 저쪽 꿈은 꿈인 게 되고, 저쪽 꿈에서 나오면 이쪽 꿈이 꿈인 게 되니, 이리저리 꿈속을 오가는 것이 모두 꿈인 것은 매한가지지요. 잠깐 말하다가 지금은 침묵하고, 잠깐 일어섰다 지금 앉아있다면, 한번 말했던 것이나 한번 서 있었던 것도 역시 모두 꿈입니다. 엊저녁에 과부를 꿈에서 보았던 당신이 바로 오늘 나를 꿈에서 만난 당신이므로, 엊저녁의 당신은 하나같이 꿈속의 당신인 것입니다. 그러니 어찌 꿈속의 꿈에 대해 기뻐하거나 슬퍼할 수 있겠습니까? 당신이 나한테 묻는 것도 그저 꿈일 뿐만 아니라, 내가 당신에게 꿈을 얘기하는 것도 역시 꿈입니다. 꿈으로써 꿈을 묻고 꿈으로써 꿈을 답변하고 있으니, 이것 또한 당신과 내가 주고받은 꿈 이야기이며 꿈풀이이지요.

◎ 원문 판독

[31b] 說亦知夢[146]也. 錄萬古之夢而使夛能壽且久於夢中者, 其惟文也. 吾試錄爾之夢而使之壽且久矣. 爾其肯乎?"

鰥始悟而請之, 遂略述其夢之槩而終以夢說云爾.

◎ 현대어 역

[31b] 만고의 꿈을 기록하여 그 꿈이 꿈결과 같은 세상 속에서 오래도록 남을 수 있게 할 수 있는 것은, 오직 문장으로 적는 것뿐입니다. 내가 당신의 꿈 이야기를 적어 그 꿈을 오래도록 전했으면 하는데, 괜찮겠습니까?"

홀아비는 이런 설명을 듣고 나서야 자신이 무슨 꿈을 꾸었는지 깨닫게 되었다. 그리고 기몽헌(寄夢軒) 주인에게 문장으로 기록해달라고 부탁했다. 그리하여 마침내 그 꿈의 대강을 약술하고 몽설(夢說)로써 이야기의 끝을 맺게 되었다.

---

146) 지몽(知夢) : 남의 꿈을 풀이하거나 알아맞히다.

鱳夢寡記

『寄夢軒集』의 작자와
『鱳夢寡記』의 작품 연구

『寄夢軒集』의 작자 연구*

–『鰥夢寡記』의 작자 추정과 관련하여–

1. 序論

『鰥夢寡記』는 현재 樂隱文庫本으로 보존되어 있는 한문 필사본의 소설로서 국내에서는 아직도 唯一本으로 파악되고 있는 귀중한 자료이다.[1] 그 대체적인 내용은 '寄夢軒主人'이라는 작자가 홀아비의 몽중 체험담에 의탁하여 자신이 깨달은 萬事皆夢 · 天下一夢의 이치를 진술함으로써 夢幻小說로서의 생동감이 넘치는 내용과 인상 깊은 주제의식을 담고 있다.[2]

필자는 1997년 학계에 『鰥夢寡記』를 새로운 연구 자료로서 발표한 바 있다.[3] 그 당시 작품에 대한 면밀한 내용 분석은 하였어도, 작자 규명에 있어서는 작품 중의 표현대로 '기몽헌 주인'을 작자로 판단하고 말았다.

---

* 본고는 『어문연구』 54집(2007,8)에 수록된 논문 「『寄夢軒集』의 작자 연구」를 수정하여 본서의 「부록」에 수록하게 되었음을 밝혀둔다.

1) 「韓國漢文小說目錄」(金興圭 · 崔溶澈 · 張孝鉉 · 尹在敏 · 尹柱弼 共編)은 韓國 高麗大 民族文化研究院 · 臺灣 東吳大 中國文學系 · 프랑스 프랑스대학 한국연구센터가 공동으로 기획하는 『韓國漢文小說叢刊』의 간행을 위한 목록이다. 이 목록에서는 다만 몽유록 항목 중에서 "『鰥夢寡記』 : 創作年代 未詳. 姜銓燮 所藏, 筆寫. 31張"으로 소개하였을 뿐이다(『古小說研究』 제9집, 2000, 413쪽 참조).

2) 『鰥夢寡記』의 서지 사항은 대략 다음과 같다 : 口訣이 붙어있는 필사본으로 책의 크기는 가로 19.5cm×세로 19cm이고, 책의 체재는 31장(內表紙 1장, 面紙 2장은 제외), 每面 10行, 每行 12字이며, 필체는 楷書體로 비교적 整齊된 편이다.

3) 졸고, 「『鰥夢寡記』에 대하여」, 『어문연구』 제29집, 어문연구학회, 1997, 33-59쪽.

이에 대해 줄곧 아쉬운 생각을 떨치지 못하고 있었는데, 2004년에 선친 樂隱 姜銓燮 敎授는 투병 중에도 변함없는 학문의 열정으로 『鰥夢寡記』의 작자를 고찰하고자 애쓰셨다. 그런 보람으로 그에 관련된 중요 문헌으로서 추정된 『寄夢軒集』[4]을 근거로 하여 작자 문제를 해결할 수 있는 몇 가지 고견을 남기고 홀연히 세상을 떠나셨다.

이에, 본인은 선친께서 手迹으로 남겨놓으신 해결점을 되새기며 『寄夢軒集』의 작자에 관련된 일련의 내용을 보충·논술하면서, 아울러 이를 통하여 『鰥夢寡記』작자 고찰의 단서를 탐색하고자 한다.

2. 『寄夢軒集』의 발굴

『寄夢軒集』은 낙은 선생의 珍藏本으로 오랫동안 서고에 묻혀 있다가 최근에 비로소 그 학술적 가치를 발휘하게 된 문헌이다. 낙은 선생께서는 임종 직전에 『寄夢軒集』을 펼쳐보다가 『鰥夢寡記』를 고서상에서 구입할 당시에 두 가지 자료가 함께 묶여져 있었다는 사실을 기억하게 되었다. 그리하여 두 서책에 관련된 작자 문제에 대하여 동일한 작자의 저술이라는 결론을 과감히 내리고, 『寄夢軒集』에 근거하여 『鰥夢寡記』의 작자에 대한 여러 가지 사항을 탐색하게 되었다.[5]

필자는 이미 발표한 졸고에서 『鰥夢寡記』의 作者로서 '기몽헌 주인'으로 추론한 바 있다. 그런데 절묘하게도 『鰥夢寡記』의 등장인물로 출현한

---

4) 본서의 표지 전후가 유실되어 책명을 찾아볼 수 없는 상황에서 낙은 강전섭 교수는 본서에 수록된 문장 중에서 「狗爭食記」에 등장한 '기몽헌 주인'을 작자의 雅號로 판단하여 『寄夢軒集』으로 명명하게 된 것이다. 이에 필자도 본고에서 『寄夢軒集』으로 칭하기로 한다.

5) 姜銓燮 敎授 遺筆稿, 「寄夢軒集 著述者 硏究 核心 資料」(2004.3.5-2004.3.9 작성 완료본)

기몽헌 주인의 雅號와 『寄夢軒集』에서 자술하고 있는 기몽헌 주인의 雅號가 일치하고 있어서, 필자는 낙은 선생의 탁견에 동감하며 1차적으로 양서 작자의 동일함을 인정하기에 이르게 되었던 것이다. 이에 본고에서는 선친이 남기신 성과를 토대로 하여 『寄夢軒集』 중의 내용을 면밀히 고찰함으로써 『鰥夢寡記』의 작자를 확증할 수 있는 근거를 마련하여 한문소설 연구에 일조를 더할 수 있을 것으로 본다.

참고적으로 『寄夢軒集』의 서지 상황을 간략하게 소개해 보겠다. 이미 언급했듯이, 『寄夢軒集』은 한문 필사본 1책 3권으로 현전하는데, 樂隱 선생은 작자의 自筆稿本으로 파악하였다. 유전과정 중에 겉표지가 유실되어 정확한 책명을 알아낼 수 없는 상황이지만, 수록된 내용으로 보아 가칭 『寄夢軒集』으로 명명해도 무난하리라고 본다. 책의 크기는 가로 19.5cm × 세로 26cm이고, 五針眼訂法에 의해 제본되었다. 부분적으로 懸吐를 하였으며, 界線이 없이 비교적 정제된 행서의 필체로 필사되어 있어서 판독의 어려움은 없는 편이다. 전체 내용은 74장의 분량으로 수록되어 있는데, 제1권은 총 14장 27면, 제2권은 총 29장 58면, 제3권은 총 31장 62면으로 현전하고 있다. 수록된 내용을 살펴보면, 문장의 유형별로 차례대로 수록하지 않아 다소 혼재된 인상을 남기고 있는 바, 제1권에는 祭文 2편 · 贈序文 4편 · 序跋文 1편 · 雜記 2편 등 총 9편, 제2권에는 書簡文 36편 · 贈序文 3편 · 雜記 4편 등 총 43편, 제3권에는 書簡文 1편 · 上疏文 6편 · 通文 10편 · 陳情書 14편 등 총 31편이 수록되어 있다. 제1권의 제1장 제1면과 제3권 제32장 이하는 손실되어 검토할 수 없는 형편이고, 제2권과 제3권의 제1면 우측 하단에 각각 '多蓮書室珍玩'이라는 낙관이 찍혀져 있다.

3. 『寄夢軒集』의 작자

『寄夢軒集』의 작자는 학문적으로나 정치적으로 크게 두각을 나타내지 못한 다분히 평범한 향리의 선비였다고 여겨진다.[6] 작자의 저서로는 『鰥夢寡記』·『寄夢軒集』·『師生規則』 등 3종이 있는 것으로 파악되는데, 현재로서는 『鰥夢寡記』·『寄夢軒集』만이 보전되어 작자에 대한 검토는 오로지 2종의 저서에 근거하여 고찰하지 않을 수 없다. 아래에서는 『寄夢軒集』과 『鰥夢寡記』를 통하여 작자 관련의 몇 가지 사항을 살펴보고자 한다.

1) 작자의 生平

작자는 咸陽府院君 崔光輝의 후손이며 壬辰功臣이었던 崔克成의 八世孫으로,[7] 乙酉年(1825)에 출생한 것으로 추측된다. 「祭藍浦白先生文」에서 그의 출생년도를 추정할 수 있는 언급을 하고 있다.

선생은 나보다 1살이 많으니 甲申에 태어났다. ……병자년 초여름에

---

6) 『寄夢軒集』, 권1, 「與朴吏根億書」 (1)에서 언급하기를 "吾無彭澤五斗之米, 而不能賦歸去來, 重值儉歲, 到底愁憚, 難以形容."이라고 한 사실로 보아, 작자는 벼슬에 나가지도 못하였으며, 매우 빈한하게 지냈음을 알 수 있다.

7) 위의 책, 권3, 「陳情書」 (26)에서는 "生以咸陽府院君, 諱 光輝之後裔, 壬辰功臣 諱 克成之八世孫, 世居嶺南星州, 能藉家聲, 不失班名, 而命數奇窮, 早失怙恃, 長又失學, 爲饑所驅, 寓居舒川□坊, 其間數十年光陰, 未免己耕妻織, 以資絲身穀肚, 面皃□黑, 手足胼胝, 自顧伊形, 宛一眞品蚩蚩田夫. 自念早歲負芨, 從巨擘, 後作科軍于戰藝之場, 蕲或襲先世, 折衝禦侮, 宣略諸將軍之啣命, 與仇謀, 蓬轉他鄕, 自得農軍之頭啣, 又帶樵軍□□之兼啣, 前所謂科軍之稱, 遂不可復得."이라고 하였으며 ; 위의 책, 권2, 「答尹學者書」에서는 "西林樵夫崔某, 謹奉荒尺, 叩謝于三希堂經几之下, 邇從庇藍之話間, 已仰先生之道義, 無讓古賢, ……乃於庚子春, 不謀於衆, 隻身南來濱海而止, 止於惡鄕."이라고 언급하였다.

나는 남방에서 죽림으로 이사하여 살게 되었는데, 몇 개 서까래로 엮은 쓰러진 집을 보수할 적에 선생께서 도움을 주셨다. 선생이 사는 곳과 또한 가까워서 발소리도 들릴 정도였는데, 그 분은 아침저녁으로 나의 고적함을 달래주었다. ……이는 부평초 같은 고향에서의 첫 奇緣이었다.[8]

위 내용에서 살펴보면, 작자는 乙酉生(1825)임을 시사하고 있으며 아울러 丙子年(1876) 초여름에 南坊에서 竹林으로 이주해 온 이후로 白先生과 가까이 살게 되었음을 알 수 있다. 백선생은 그의 초라한 삶을 위로해 주고 막역한 우정을 베풀어 주었던 사람으로, 작자는 그와의 인연을 '萍鄕'에서 맺은 첫 奇緣으로 말할 만큼 특별한 우호관계를 맺었던 것으로 보인다.

또 다른 서간문에 기록된 작자의 생활 모습을 살펴보도록 하겠다.

▸ 산방에서 이틀을 묵는 동안 촛불 심지를 돋우며 이것저것 담론하였는데, 이는 20년간 보낸 '萍海'와 같은 곳에서의 첫 奇緣이었지요.[9]
▸ 이런 '惡鄕'에서 살면서 20년 동안 목숨을 지키며 살 수 있었지요.[10]

위에서 볼 수 있듯이, 작자는 20년간 '萍海'와 같은 타향에서 지내게 되었음을 술회하고 있다. 위에 인용된 「祭藍浦白先生文」의 내용 중에서 작자가 丙子年에 竹林으로 이주해왔다는 진술을 신빙성 있게 받아들여서 20년 동안 편벽된 곳에서 지낸 시간적 상황에 근거하면, 위의 서간문을 지었을 때는 이미 70여 세의 고령이 된 상황이었다고 할 것이다.

---

8) 위의 책, 권1, 「祭藍浦白先生文」 : "先生長余一歲, 生于甲申.……迨後丙子初夏, 余自南坊, 移寓竹林, 繕葺數椽敗屋. 先生與有力焉. 距先生所居又相近, 饇徑跫音, 日夕慰我幽獨,……卽此萍鄕之第一奇緣也."
9) 위의 책, 권1, 「與具雅書」(3) : "信宿山房, 剪燭縱談, 是係廿載萍海, 第一奇緣也."
10) 위의 책, 권1,「與人」 : "寓此惡鄕, 而能廿載支存."

한편, 「答尹學者書」에서도 작자의 생평을 약술하고 있어서 그의 생애를 대략 짐작할 수 있다.

> 제 품성은 이미 下品에 속하고 운명도 또한 험악하여 어려서 고아가 되었고 배우지도 못했습니다. 성장해서는 더욱 자포자기에 빠져 학문을 닦지 않았으나, 망령스럽게 요행을 기다리다가 버젓하게 무과 시험 중에 뽑혀 들어가게 되었지요. ……庚子年 봄에 여러 사람들과 함께 도모하지 못하여 홀몸으로 남쪽 땅에서 바닷가로 오게 되어 고약스런 타향에 머무르게 되었는데, 풍토가 좋지 못하여 수많은 질병을 앓았습니다. ……홀홀단신으로 외롭고 대단히 빈궁하였습니다. ……제가 어떤 사람이겠습니까? 감히 '曉醫'라고 말할 수 있겠습니다. 제가 젊은 나이에 솔략하게라도 배우길 원하여 대충 섭렵한 바가 있었으나, 성품이 우둔하고 졸열하여 끝내 그 요령을 얻지 못하고 중도에 포기한 채 다시 뜻을 두지 않았습니다.[11]

위의 내용에 따르면, 작자는 일찍이 부모를 잃어 제대로 학문 수학의 기틀을 마련하지 못하였으나 무관으로서 활약하기도 하였고, 20살 무렵에는 의술을 대략 섭렵하다가 중도에 포기하였어도 소위 '曉醫'라고 자칭할 수 있는 의학 상식을 지녔던 인물이라고 파악할 수 있다.[12] 그런데 본 문장에서 庚子年(1900년) 봄에 홀홀단신의 신세로 남방에서 '濱海'의 지역으로 옮겨와 '惡鄕'이라고 칭할 정도의 열악한 곳에서 머물게 되었

---

11) 위의 책, 권2, 「答尹學者書」: "某之受禀, 已在下品, 命數又險奇, 早孤失學, 長益暴棄, 未習功令, 而妄希僥倖, 公然入戰藝之場,……乃於庚子春, 不謀於衆, 隻身南來濱海而止, 止於惡鄕, 水土不佳, 釀成百疾,……而孤寄孑孑, 貧且如浩.……某是何人? 敢曰曉醫. 某在弱齡, 率爾願學, 略有所涉獵, 而无奈性質鈍劣, 終不得其要領, 半途抛却, 不復在意."

12) 위의 책, 권2, 「代與金雅士書」 7)에서 이르길, "夫醫者, 司世人生死之命, 補天地化育之功, ……愚在早齡, 率爾願學, 略有所涉獵於做瀆之隙, 而无奈性質魯下, 終難得其要領, 半道抛却, 不復在意."라고 하여, 자신의 醫術에 대한 관심을 표명하였다.

다고 술회하였지만, 「祭藍浦白先生文」에서 언급한 바에 따르면 '庚子'라고 필사한 사항은 사실상 '丙子'(1876)로서 파악해야 하리라고 본다.

「陳情書」(10) 중에서도 타향살이를 하면서 근근히 생활하였음을 보여주고 있다.

> 내 본래 영남의 安義 땅에서 대대로 살았는데 丙·丁年의 큰 흉년을 당하여 굶주림 때문에 감영 아래 東上面에서 타향살이를 하였습니다. 또다시 먹고 살 대책이 없어서 평시에 읽었던 책을 가지고 여러 고을의 어린애들을 가르쳐 그럭저럭 지내게 되었지요.[13)]

그의 진술로 볼 때, 작자는 영남지방의 安義라는 곳에서 조상 대대로 살고 있다가 丙子·丁丑年에 흉년이 들어 東上面으로 옮겨 살게 되었음을 알 수 있다. 그리고 그곳에서 곤궁한 생활을 해결하고자 부득이 마을 부근의 어린 자제를 불러다 글공부를 가르치기도 하면서 지냈던 것으로 보인다.

여하튼 작자는 아내를 잃고 친척도 별로 없는 신세로 2男 3女의 자식을 두었지만 그들의 혼사를 치루지 못할 지경으로 매우 빈한하였다.[14)] 그러나 비록 빈궁한 생활형편에 처했어도, 그의 집안에는 서가에 적지 않은 서책이 있어서 친분 있는 서생들이 책을 베끼러 찾아오기도 한 모양이었다. 그는 젊어서부터 남의 책상에 좋은 책이 있으면 친소관계를 불문하고 반드시 빌려다 열독하고, 항상 읽어보기에 편리하도록 매우 작

---

13) 위의 책, 권3, 「陳情書」10) : "生本世居嶠南安義之地, 値丙丁之大無, 爲飢所驅, 流寓于治底東上面, 又沒穀肚之策, 乃敢以平日所讀之書, 敎諸村童輩, 度這悠悠日子矣."

14) 위의 책, 권3, 「通文」(6)에서 이르길, "身情勢言之, 鰥窮孤貧, 又少親戚, 二子三女, 一不能嫁娶, 終歲爲命, 惟資傭鬻, 而今焉無由, 溝壑當前, 原宜入抄."라고 한 내용으로 보아 작자의 빈궁함과 홀아비 신세였음을 알 수 있다.

은 글씨로 베껴 써두는 습관이 있었다고 진술하기도 하였는데,[15] 아마도 그러한 독서 생활은 『寄夢軒集』과 『鰥夢寡記』를 저술할 수 있게 한 밑바탕을 마련하였을 것이라고 여겨진다.

2) 작자의 雅號

작자의 雅號는 그의 저술로 추정된 『鰥夢寡記』와 『寄夢軒集』 중에 기록했던 표현처럼 '寄夢軒主人'·'雲淵樵夫'·'西林樵夫' 등으로 불려진 것으로 보인다. 이와 관련된 사항을 다음과 같이 살펴보기로 하겠다.

(1) '寄夢軒主人'

『寄夢軒集』에 수록된 많은 문장 중에서도 「狗爭食記」는 '寄夢軒主人'이라는 인물의 호칭이 유일하게 출현한 문장이다. 기몽헌 주인은 좁은 마당에서 뼈다귀 하나를 갖고 서로 다투는 개들의 모습을 보면서 '天下之物, 皆有爭性'에 대한 관점을 전개시켰다.[16] 작자는 忠臣·孝子·哲婦·直友 사이에는 '義理之爭'이 있어서 경모의 대상이며, 日月·風雲·山水·石花·

---

15) 위의 책, 권1,「贈具生完植序」: "具生時來訪我, 見揷架書籍, 坐冷炕, 終日抄寫, 忍飢耐寒而無倦意.……我年少之日, 亦愛奇眈異, 癖如嗜痂, 見人案有好書, 不問雅契疏密, 必借以閱之, 多於燈前燭下, 手自抄選, 字細如蠅頭, 猶嫌其麤大, 豈緣慳嗇楮素? 爲其置諸襟袖, 便於常目也."

16) 위의 책, 권1, 「狗爭食記」: "寄夢軒主人, 冬日設鷄黍, 留遠客而款洽, 客素健啖, 嘐립聲甚大, 群犬垂涎揚尾, 來候戶外, 投與一骨, 相與爭食……半畝方庭, 奄經狗戰之場. 客掀髯而笑, 曰: "是謂泥獸之鬪也, 亦足爲一時玩資, 然爭一骨頭, 幾乎相殺, 固知獸性之好爭也." 主人曰: "吁! 豈惟此獸爲然? 天下之物, 皆有爭性, 而人爲甚大……方其爭也, 天地易其位置, 骨肉化爲仇讐. 以大眼觀之, 其爭以得爭以失, 均是一骨頭也. 尙何大小是非之可論哉? 雖然, 惟義理之爭·自然之爭是爭而不爭也. 夫忠臣之爭於君, 孝子之爭於父, 哲婦之爭於夫, 直友之爭於知己, 此謂義理之爭, 吾儆而慕之. 日月爭輝, 風雲爭幻, 山爭秀, 水爭流, 石爭奇, 花爭姸, 鳥爭啼, 魚爭游, 此謂自然之爭, 吾愛而觀之, 不厭其爭, 而因忘其爭也." 客曰: "吾聞前輩五不爭之義, 而深味之矣. 今日又認得爭而不爭之趣也, 但世罕有知此者, 良爲慨然."

鳥魚 등은 '自然之爭'의 오묘한 질서를 지닌 관상의 대상으로 간주하였다. 본 문장 중에서 기몽헌 주인은 문장 표현상 설정된 인물로 보이지만, 이는 실제적으로 작자 자신을 호칭한 아호에 해당된다고 볼 수 있겠다.

또한 『鰥夢寡記』 중에서도 기몽헌 주인으로 호칭된 관련 내용이 출현하고 있다.[17] 작품의 말미에 와서야 비로소 등장하게 된 기몽헌 주인은 소위 몽론에 대한 관점을 자칭 '醉傖'이라고 하는 홀아비 주인공에게 친절하게 해설해 주는 역할을 하고 있으면서, 아울러 홀아비에게서 전해들은 몽중 체험담을 문장으로 기록하는 작자의 역할을 담당하고 있기도 하다. 이로써 결국 『鰥夢寡記』는 기몽헌 주인이라는 작자에 의해 이뤄진 몽환소설임을 알려주는 장치가 된 셈이다.

이렇듯이, 작자는 『鰥夢寡記』에서 기몽헌 주인이라는 雅號를 지닌 작중인물을 등장시켜 자신의 인생관을 상징적으로 나타냈고, 『寄夢軒集』의 「狗爭食記」에서는 기몽헌 주인으로 자칭하는 인물의 '爭性'의 논지를 표현하였다. 작자는 이상과 같은 작품 속에 기몽헌 주인이라는 雅號를 지닌 인물을 내세워 자신의 철학성을 표출시켰던 바, 기몽헌 주인이라는 칭호는 작자의 雅號라고 판단하여도 무리가 없을 것으로 본다.

---

17) 『鰥夢寡記』 : "南湖之濱, 西林之野, 有一鰥夫, 自號醉傖, 白晝無聊,黃孀多情, 藉草枕閾, 直伸兩脚, 摩腹而臥, 臥輒齁齁然睡.(1쪽)……靜繹夢境, 始微終瞭, 首尾一場, 歷歷無遺, 宛是曾經之實事, 不似暫幻之妄境.(52쪽)……遂謁寄夢軒主人而述其夢甚詳, 恨夢之不長而不能續. 主人曰 : "吁! 爾居夢思夢, 以夢說夢, 是夢中之夢, 尙在未覺.(53쪽)……昨夜夛寡之爾, 是今日夢我之爾, 則昨夜之爾, 一是夢中之爾也, 何置欣慽於夢中之夢乎? 非徒爾之問我是夢也, 我謂爾夛亦夢也, 以夢問夢, 以夢對夢, 是又爾我之夢說, 亦知夢也. 錄万古之夢而使夛能壽且久於夢中者, 其惟文也. 吾試錄爾之夢而使之壽且久矣. 爾其肯乎?" 鰥始悟而請之, 遂略述其夢之槩而終以夢說云爾."(62쪽)

(2) '雲淵樵夫'

『寄夢軒集』 권2의 서간문 수록 중간 부분에는 '癸酉青芒 雲淵樵夫 未定稿'라는 글씨를 쓴 뒤에 다시 이를 지워버린 흔적이 남아 있다. 이런 흔적은 『寄夢軒集』 중에서 1회적으로 출현한 것이지만, 작자의 自筆稿本으로서 『寄夢軒集』을 평가할 수 있는 근거라고 여겨진다. 그런 정황에 의하면, '雲淵樵夫'는 '기몽헌 주인'을 별칭한 雅號라고 추단해 볼 수 있다.

(3) '西林樵夫'

『寄夢軒集』 권2의 마지막 서간문이 되는 「答尹學者書」를 살펴보면, 그 첫머리 부분에 '西林樵夫 崔某'의 글귀가 처음으로 출현한다. 「答尹學者書」는 작자가 '三希堂'선생[18]에게 답신하는 내용인데, 그 서간 속에서 '三希堂'선생과의 인연을 밝히고 자신의 처지를 진술하고자 하였다.[19] 그러한 진술에 근거하여 판단하면, 『寄夢軒集』의 작자는 '西林樵夫 崔某'임에 틀림없다고 말할 수 있다. 따라서 『寄夢軒集』은 '西林'이라는 곳에서 거주하였던 崔氏의 姓을 지닌 평범한 인물이 저술한 문집이라고 확증할 수 있겠다.

이상에서 살펴보았듯이, 작자는 '寄夢軒主人'·'雲淵樵夫'·'西林樵夫' 등으로 雅號를 삼은 인물로, '西林'에서 살았던 崔氏의 姓을 가진 평범한

---

18) '三希堂'이라는 인물은 尹錫鳳(1842-1910)으로, 省齋 柳重教(1821-1893)의 門人이기도 하다. 참고적으로 金舜東의 『韓國故事大典』(儒賢考條, 673쪽)에서 尹錫鳳의 인물에 대해 살펴보면, "號는 三希堂, 坡平人, 文章學識이 當世 師表가 되어 湖西에서 受學徒가 甚重하였음."이라고 밝히고 있다.

19) 위의 책, 권2, 「答尹學者書」: "西林樵夫崔某, 謹奉荒尺, 叩謝于三希堂經几之下, 邇從庇藍之話間, 已仰先生之道義, 無讓古賢,……乃於庚子春, 不謀於衆, 隻身南來濱海而止, 止於惡鄉, 水土不佳, 釀成百疾, 日漸一日, 莫可楮柱, 而孤寄孑孑, 貧且如浩……此個實情, 不可不直說道破."

선비였다고 말할 수 있겠다. 아울러 이런 아호를 통하여 작자의 인생관과 생활모습을 어느 정도 짐작해 볼 수 있다.

3) 작자의 居住地

『鰥夢寡記』와 『寄夢軒集』에 수록된 내용을 자세히 검토해 보면, 양서를 찬술하였던 당시에 작자가 거처하였을 것으로 추정되는 지역적 면모를 어느 정도 짐작하여 볼 수 있다. 관련된 표현을 찾아 몇 가지를 인용해 보면 다음과 같다.

▶“南湖之濱, 西林之野, 有一鰥夫.” (『鰥夢寡記』, 제1쪽)
▶“迄戊辰秋, 留連西州之南坊, 萬喙齊嘖……惟余借寓海陬, 畸孤蓬轉, 四顧寥落.” (『寄夢軒集』, 권1, 「祭亡友文」)
▶“迨後丙子初夏, 余自南坊, 移寓竹林, 繕葺數椽敗屋.” (위의 책, 권1, 「祭藍浦白先生文」)
▶“寓此惡鄕, 而能卄載支存.” (위의 책, 권2, 「與人」3)
▶“鰥生以奇窮之命, 處奇惡之鄕.” (위의 책, 권1, 「與人又書」)
▶“過夏, 移寓竹林荒村, 境與人宜, 然但居人……爲五戶.” (위의 책, 권2, 「與朴吏根億書」1)
▶“本郡以濱海小邑, 吏貪民殘.” (위의 책, 권3, 「上疏文」3)
▶“今幸遇閤下, 按臨于玆, 海隅蒼生, 至愚而神忻忻然, 踊躍相賀.” (위의 책, 권3, 「上疏文」3)
▶“惟我西州, 僻處海隅, 風尙樸素, 民習柔懦.” (위의 책, 권3, 「通文」5)

위에서 살펴볼 수 있었듯이, 작자는 ‘南湖之濱, 西林之野’, ‘移寓竹林’, ‘寓此惡鄕’, ‘處奇惡之鄕’ 등으로써 자신이 거처하며 생활하였던 지역과 환경을 다양하게 기록하였다.

그중에서도 '西州'와 '竹林'에 관련된 지명을 차근히 고증해 본다면, 작자의 거주지 혹은 활동지역에 대한 궁금증을 다소 해소할 수 있다. 樂隱先生은 『簡禮彙纂』(各邑古號道里 忠淸道條)에서 밝힌 [舒川 : (古號) 西州 三百里]의 내용에 착안하여 [西州郡 東部面 竹林里]의 연혁을 아래와 같은 내용으로 약술하였다.[20)]

▶ 舒川郡 東部面 竹林里 [大正 6년(1917년) 이전] : 舊名 지속.

▶ 舒川郡 馬東面 竹林里 : 新名 변경.

*馬東面은 馬吉面과 東部面의 통합 面임.

*竹林里는 長善里와 山內里로 二分됨.

[① 大正 6년 이후 1차 변경 ② 昭和 12년(1937년 이후)]

▶ 舒川郡 馬西面 長善里 竹林 · 山內里 竹林 : 面名 변경.

[③ 단기 4290년 이후 재차 변경]

*馬西面은 馬東面과 西南面의 통합 面임.

*長項邑이 신설되고, 東面은 板橋面으로 변경됨.

樂隱선생은 위와 같은 연혁 변경 과정을 살펴보면서, 마침내 [西州郡 東部面 竹林里]를 현재의 舒川 행정지역으로 추론하였고, 아울러 '西林'은 그것을 약칭한 지명이라고 주장하였던 것이다.

한편, 『寄夢軒集』 권3 중의 陳情書(26)에서는 굶주림을 견디지 못하고 고향을 떠나 '舒川'에서 수십 년간 거주했었음을 밝히는 진술을 하기도 하였다.

---

20) 姜銓燮 教授 遺筆稿에서는 『簡禮彙纂』·『新舊對照朝鮮全道府郡面里洞名稱一覽』(中央市場刊, 1917), 『最新改正朝鮮區域一覽』(永昌書館刊, 1937), 『地方行政區域一覽』(內務部 地方局刊, 1966) 등에 의하여 '竹林'의 지명을 고증하고자 하였다.

> 대대로 嶺南 星州에서 살면서 가문의 명성에 힘입어 양반의 명분을 잃지 않았지만, 운명이 기구하여 어려서 부모를 여의었으며 성장해서는 배우지를 못하였고, 기아에 허덕이다가 舒川으로 옮겨와 살게 되었습니다. 그 사이 수십 년의 세월이 지났건만, 나는 농사짓고 아내는 옷감을 짜서 몸에다 옷을 걸치고 배를 채우기를 아직도 모면하지 못하고 있습니다.[21]

위의 내용에 따르면, 작자는 '舒川'이라는 고을로 이사 와서 오랫동안 가난에 허덕이며 겨우 연명하며 살았음을 알 수 있다.

이상과 같은 상황을 종합해 보면, '寄夢軒主人'은 '西州郡 竹林里'라는 소위 '荒村惡鄕'이라고 부를 만한 황량한 환경 속에서 20여 년 동안 고생하며 생활하였던 인물로 추정해 볼 수 있다. 아울러 『鰥夢寡記』의 첫머리에서 주인공의 거주지로 설정된 '南湖之濱, 西林之野'는 바로 현재의 舒川郡에 소재한 竹林里라고 판단해도 무리가 없겠다고 본다.

4) 작자의 처세

이미 위에서 언급했듯이, 작자는 겨우 다섯 가구 밖에 살지 않은 그야말로 황폐한 촌락이었던 '竹林'에 거처하였는데, 『寄夢軒集』에서는 빈번히 '荒村'·'海陬'·'惡鄕'·'奇惡之鄕' 등으로 언급하고 있다. 그런 형용은 바로 작자의 암담한 심정과 불행한 처지를 대변하고 있는 표현이라고 볼 수 있다. 그런 환경 속에서도 작자는 『鰥夢寡記』·『寄夢軒集』·『師生規則』 등의 훌륭한 저술을 남기었다. 작자의 생활 모습을 몇 가지 측

21) 위의 책, 권3, 「陳情書」(26) : "居嶺南星州, 能藉家聲, 不失班名, 而命數奇窮, 早失怙恃, 長又失學, 爲饑所驅, 寓居舒川□坊, 其間數十年光陰, 未免己耕妻織, 以資絲身穀肚."

면으로 나누어 살펴보면, 다음과 같다.

(1) 忍苦의 생활

작자의 참담한 곤액의 신세는 지인에게 보낸 서신 도처에서 생생하게 토로되고 있다. 「與趙歐堂侍郎書」 (3)에서는 다음과 같이 빈곤한 생활상을 처절하게 표현하였다.

> 누추한 집은 마치 게집 같고, 천정 또한 우엉 구멍 바늘귀처럼 구멍이 뚫어졌고, 한 줄기 바람도 들어오지 않아서 거친 베옷과 찢긴 돗자리는 땀으로 젖어들고 더러운 때로 검게 찌들어 습습한 냄새로 찌들었지요. 그리고 몇 년간 사용한 부들부채는 아무리 부쳐도 시원한 기색도 없고, 낮에는 파리가 윙윙대다가 밤에는 모기가 들끓고, 간간이 벼룩과 전갈이 기어들어와 괴롭혀도 막아낼 방도가 없으니 고통스럽기가 만 가지나 됩니다. 보리밥 한 덩어리를 소금기 있는 부추로 반찬을 삼고, 풍년에도 유독 허기지니 뜨거워진 창자는 더 부글거리지요. 때때로 탁주라도 한번 마시고 싶을 적에 이웃에서 탁주라도 보내오면, 뚝뚝 흘려가며 맛있게 마시다가 잠시 입에 대고 있으면 문득 치아가 시리고 머리가 흔들려서 급히 토해내는데도 계속해서 꾸르륵거리는 소리가 들립니다. 이런 상황을 형님께서 한번쯤 생각해 본다면, 과연 고생한다고 하지 않겠습니까?[22]

위와 같은 편지의 고백 중에 술회한 극빈한 생활은 『鰥夢寡記』에 나온 홀아비의 처지와 매우 흡사하게 보인다.[23] 그와 유사한 내용으로 「與趙

---

22) 위의 책, 권1, 「與趙歐堂侍郎」(3) : “陋屋如蟹宕, 天井隙地, 亦是藕孔鍼頭, 一線風不入, 麤葛敗薦, 汗漬垢涅, 濕薰欲腐, 而多年蒲箑, 拍拍無涼意, 晝蠅夜蚊, 間以蚤蝎, 侵虐無方, 惱苦萬狀, 麥飯一塊, 韭塩是佐, 豐歲獨飢, 熱腸益沸, 時或思以濁酒一澆, 適見隣餽濃醪, 澆漓而醲, 暫接於口, 輒齒酸頭掉, 急急然哇而出之, 繼以咄咄, 此箇境況, 兄試設想其果謂苦乎否乎?”

23) 『鰥夢寡記』(4쪽) : “秋夜長而未央, 酒將醒而渴急, 飮數椀之冷水, 紙窓風嘯, 土壁霜凝. 多年

歐堂侍郎」(1)에서도 憤恨의 시름 속에서도 귀향의 소망을 품고 빈궁한 생활을 감내해야 하는 눈물겨운 사연을 토로하고 있다.[24] 이렇듯이, 작자는 '海上畸蹤'의 처지가 된 암담함과 극도의 빈한함 속에서 생활하는 처절함을 다른 서신들에서도 나타내고 있다.

한편, 작자의 성품은 젊었을 적에 꽤 괴팍스런 경향을 지니고 있어서 조금이라도 제 뜻에 어긋나는 경우를 당하면 번뇌가 들끓어 오래도록 진정할 수 없을 정도였는데, 노년에 이르러서는 약간 불평스러워도 묵묵히 못들은 척하며 불만을 들춰내지 않게 되었다고 자술하였다.[25] 그런 변화된 성품은 오랫동안의 타향살이와 인고의 생활태도에서 우러나온 것이었다. 「與人書」(3)의 서간문을 살펴보면, 작자 스스로 '惡鄕'이라고 여길 만큼 편벽된 타향에서 20여 년 동안 오직 참을 '忍'字만을 마음에 새기고 자신을 얕보거나 기만하는 경우에도 남들과 쟁론하거나 원망하지 않았다고 하였다.[26] 또한 「與具雅書」 중에서 苦海와 같은 삶 속에서 번뇌와 고통을 감수할 수 있었던 초탈적인 경지를 언급하기도 하였다.[27]

布被, 寒如鐵, 半壁殘燈, 翳復明. 長吁一聲, 寸腸欲絶. 昔日之歡緣, 春夢難憑, 瞥眼之遇艶, 癡想如結."

24) 위의 책, 권1, 「與趙歐堂侍郎」(1) : "念昔聚歡, 殆同夢界, 難圖更續淸緣, 海上畸蹤, 尤爲於邑. 不妄至今生存, 是天公仁德歟? 抑化翁使爲耶? 自家自究, 未解其所以也. 因得支存, 攀梯還鄕, 再登門屛, 是昕昏間第一蘄祝而未卜. 天公化翁, 終始默佑, 能如浮屠合類否也. 修此書時, 坐黃葉堆下破屋中, 著露肘木棉□衣, 面貌黧枯, 塵髮闒茸, 收拾敗浩頹墨, 書一字嘆一口, 涕欲零腸欲斷, 百回裁抑, 不能自由, 鎭日始能塡幅."

25) 위의 책, 권2, 「與人書」(3) : "鄙之少也, 氣質之性, 偏狹急躁, 値小咈意, 便方寸懊惱若沸, 久不能定, 雖自知其病, 亦莫能醫. 至今髮禿齒墮, 備更世故, 舊性鎖盡, 若干不平, 並粧啞粧聾, 不復採他."

26) 위의 책, 권2, 「與人書」(3) : "七情所動, 惟憤怒最難忍之, 然其忍之不能, 由思之不審.……一憤而忍, 二憤而忍, 忍之又忍, 因與忍化則於千艱萬險, 何往而不能忍?……乃至十餘年敬我之人, 忽投悖書, 以辱我者有之, 以一隣小氓, 呼我名字而酷詬者亦有之……然我自無尤, 內省而不疚, 我之視彼, 如蚊蝱之過前, 笑而不較, 彼還愧謝. 寓此惡鄕, 而能卄載支存, 未有爭戰於人者, 只由能忍故也."

27) 위의 책, 권2, 「與具雅書」(2) : "人處塵臼, 惱苦萬重, 只是自惱自苦而已. 如能忘其惱苦之爲

그는 아마도 소위 '善知識, 大悟脫'의 경지에서 인간적인 고뇌를 벗어나려는 태도를 지니고서 때로는 시문을 짓고 후학을 지도할 수 있었던 인물이었다고 생각된다.

위에서 살펴보았듯이, 작자는 20여 년간 극도의 빈곤 상황에서 인내의 참뜻을 지니고 타인과의 잡다한 논쟁에 휩싸이지 않으려고 하였으며 자신의 불운을 '大悟'의 경지로 승화시키고자 노력하였던 것이다. 그러한 궁벽한 생활 속에서도 '萬事皆夢'의 달관된 경지로 '能忘其惱苦之爲惱苦' 하는 정신 면모를 체득하고 『鰥夢寡記』에 표출하였을 것으로 여겨진다. 실제로 『鰥夢寡記』의 覺夢部에서 설파한 夢論은 그러한 생활체험 속에서 체득된 인생관의 집약이라고 보아도 될 것이다.[28)]

惱苦, 則其惱其苦, 自如浮雲來去, 無傷乎日月, 此眞善知識, 大悟脫, 而禪家所謂誰教爾煩惱者, 亦是此意也."

28) 『鰥夢寡記』의 覺夢部(53-62쪽)를 인용해 보면 다음과 같다. : "凡人形開則覺而爲事之實, 魂交則寐而爲夢之虛. 一刻之覺夢, 一形之開闔 ; 一形之開闔, 一性之往來. 一往一來, 死生是幻 ; 一死一生, 終始是夢. 覺不爲覺, 實不爲實, 物不爲物, 我不爲我. 擧世皆寐, 天下一夢. 然則袞冕黼裳, 垂拱平章, 帝王之夢也 ; 玉帛朝覲, 守疆述職, 諸侯之夢也 ; 燮理二氣, 贊襄万機, 宰相之夢也 ; 坐鎭一方, 宣化黜陟, 方伯之夢也 ; 撫字黎庶, 勸課農桑, 守令之夢也,……珠襦玉匣, 万人祖送, 營葱之夢也. 夢境雖萬而其爲夢則一也. 治亂安危, 興亡盛衰, 家國之夢無定 ; 壽夭榮悴, 得失毁譽, 一身之夢不齊. 隱羞讓辨, 喜怒哀樂, 性情之夢, 各殊而其爲夢則一也. 先我而夢, 爲古之夢 ; 並我而夢, 爲今之夢. 古今之夢, 不同而其爲夛則一也. 今日之夢非昨日之夛, 人之夢異我之夢, 而其爲夛則一也. 境境是夛, 物物是幻, 夢中世界, 誰知其夢? 夢之中又有夛焉. 華胥之夢, 槐安之夛, 蝴蝶之夢, 龜鹿之夢是也. 方其夛也, 不知其夛, 覺而始知. 又占其夛而獻其夛, 是在夢中而占夛中之夛也. 夛中覺夢, 未可以爲覺, 覺與不覺, 均爲一夢也. 何夢是幻, 何夢是眞? 何夛是短, 何夢是長? 世如夛而我不知其夛, 夛如世而我不知其覺, 世已有我, 夢亦有我, 我知有我, 夛常非夢. 夢而不知覺, 故不以夢爲幻 ; 覺而不知夢, 故不以覺爲眞. 惟大覺然後能知是世夢, 知夢是幻, 知物非物, 知我非我也. 爾如未悟, 我以爾喩! 爾自彼來, 爾自此去, 是爾之去來也. 來此彼爲夛, 去彼此爲夛, 去來彼此, 俱爲一夢也. 俄之言而今之默, 俄之立而今之坐, 一言一立, 亦復一夢也. 昨夜夛寡之爾, 是今日夢我之爾, 則昨夜之爾, 一是夢中之爾也, 何置欣慽於夢中之夢乎? 非徒爾之問我是夢也, 我謂爾夛亦夢也, 以夢問夢, 以夢對夢, 是又爾我之夢說亦知夢也."

(2) 平常의 모습

작자 자신은 그의 성격이 다소 괴팍하다고 진술한 바도 있지만, 많은 시련을 겪게 된 현실 상황에서 때로는 호탕한 기질을 드러내면서도 자신의 아픔을 잊고 고뇌를 벗어버리려는 逍遙의 측면을 나타내기도 하였다. 그는 젊은 시절에 書畵琴歌를 즐길 수 있었던 자못 풍류적인 인물이었다. 「與李熙重書」를 보면,[29] 젊은 시절에는 書畵琴歌에 잘못 빠져들어 많은 정력을 낭비하였지만 27세쯤에 이르러서야 그 폐해를 비로소 깨닫고서 남의 비웃음을 받지 않게 되었다고 말할 정도였다.

또한 내재적인 감성이 무척 풍부했던 인물로 보이기도 하였다. 무료하고 단조로운 일상을 보내면서도 호방한 기상이 일어나면 눈이 내린 밤에도 벗을 찾아나서는 열정을 보이기도 하였던 것이다. 「與朴吏根億書」(5)에서는 흰 눈 내린 산촌 풍경에 황홀해 하고, 설야의 감흥을 한시로 읊으며 호탕하게 술을 들이키며 '一時豪情'의 경지를 표현하였던 작자의 모습을 엿볼 수 있다.[30]

또한 작자의 달맞이 유흥은 逍遙의 한 방도로 표출된 모습으로, 설야의 흥분 상황과 마찬가지로 그의 감성적인 생활풍모를 느껴볼 수 있다. 『寄夢軒集』 중에는 제목이 붙어있지 않지만, 소위 「詠月」이라는 제목으로

---

29) 위의 책, 권1, 「與李熙重書」 : "晩生一子, 年已成童, 豚犬之誚, 有加於景升兒子矣, 不能專志于當做之深, 妄欲跂窺繪寫一路, 故屢有呵禁, 曰 : 迺父少時, 誤耽書畵琴歌, 枉費多少精神, 自討無限苦惱, 到卄七歲上, 始能頓覺其非, 乍指矢心, 一切斷却, 不復惹人姍嘲, 汝當敢我爲戒,……兒性執拗, 不曉其不佳, 一向有願學意, 竊請李友, 至達崇聆, 寬蒙另眷特許, 如非德量海涵, 安獲至此?"

30) 위의 책, 권1, 「與朴吏根億書」(5) : "見六花飄盡, 霽月淨明, 獨依書窓, 睡意邈然, 乃整衣出門, 銀海萬頃, 玉笏千疊, 依岸一帶, 多少人家, 皆是瓊宮瑤臺, 不啻如琅苑玄圃中騁目, 而樹樹開花, 疎影橫斜, 宛然移身孤山, 聞暗香於風前, 人生奇壯之觀, 無居此右也. 乘興信步, 沿長堤度略彴, 訪友蘭于梅下書屋, 竹扉之外, 朗然讀書聲, 喜其不寐, 急叩以呼, 伊人認得我聲, 倒屣出迎, 相携升堂, 略敍閒話, 卽請煮酒拈韻, 以償餘興而返, 隣鷄亂喔, 始有困意, 遂和衣頹頓, 一睡而覺, 紅日已杲杲矣. 回思昨遊, 亦一時豪情之至.

붙여 볼 만한 문장이 있다.[31] 그는 초승달의 모습을 '二八倩女'와 '奇花'의 아름다움에 비유를 하면서 달빛에 비친 특별한 풍경을 황홀하게 관상하는 낭만적인 심성을 한껏 표현하였다. 그러한 문장은 퇴락한 삶에 대한 비탄과 실망으로 넘쳤던 몇몇 서간문과는 매우 대조적인 필취를 느낄 수 있다. 그러한 풍부한 감성과 현실적인 불우한 처지는 『鰥夢寡記』를 저술할 수 있게 한 바탕이 되었을 것이라고 여겨진다.

이처럼 작자는 타향살이를 '惡鄕' 혹은 '萍海'라고 지칭할 정도로 어려운 현실 속에서 평상적인 생활을 하게 되었을 때에 때로는 할 일 없이 낮잠이나 자야 하는 한심한 상황도 있었지만, 본연의 타고난 성품을 과시하듯 호탕한 기상을 발휘하기도 하였고, 때로는 섬세한 감성을 지닌 시인 같은 정서를 표출하기도 하였던 것이다.

(3) 爲師者의 면모

작자는 陳情書(12)에서 흉년을 당하여 생활고를 해결하고자 부득이 마을 근처의 어린 자제를 불러다 글공부를 가르치기도 하였다고 진술하였다.[32] 그의 문장 속에서 훈장 노릇을 얼마 동안 하였는지는 정확히 찾아낼 수 없지만, 그러한 자신의 체험과 당시 사회풍토를 통해 스승의 도리

---

31) 「詠月」의 全文 : "月之始生, 如蛾眉, 如玉鉤, 殊媚姸可愛, 然乘昏流影, 間不容一瞚, 到三五白半, 寶鏡出奩, 圓晶普澈, 如二八倩女, 容態恰就, 要少一年矣, 而不稱, 要多一年矣, 更不稱. 又如奇花方開, 瑞彩奪目, 未開前, 無此色相, 已開後, 亦無此色相者, 矧一天霄景, 滿地金波, 庭畔竹樹, 交影橫斜, 蜿蜒如龍蛇, 參差如藻荇, 永夜終始, 詭異萬狀, 正宜乘而來, 帶而歸, 吹簫以弄, 停盃以問, 極箇中之趣興, 享分外之受用, 所以曾留指期, 叮嚀申複, 奈之何? 金玉其趾, 抹殺佳景, 教我獨登不夜城, 徘徊延竚, 如西廂下, 有所待之張生, 那禁得悵一回笑一回也? 寧飮水瘦, 無食言肥, 是古人語, 其果未耳耶? 抑耳之而遺之耶? 負此良宵, 愧彼息壤." (위의 책, 권2)

32) 위의 책, 권3, 「陳情書」(12) : "生本世居嶠南安義之地, 値丙丁之大無, 爲飢所驅, 流寓于治底東上面, 又沒穀肚之策, 乃敢以平日所讀之書, 教諸村童輩, 度這悠悠日子矣."

와 덕목을 새삼 생각하지 않을 수 없었던 것으로 보인다.

작자의 저술로서 『師生規則』이 있다고 하는데, 이는 자신의 교육적 경험과 당시의 풍토를 반영한 것으로 추측된다. 그는 「師生規則序」에서 師道·師位의 중요성을 깊이 인식하여 그에 관련된 舊聞을 수집하고 자신의 관점을 덧붙여 『師生規則』을 찬술하게 되었다고 밝혔다. 작자는 그 서문 중에서 스승의 선택 여하에 따라 개인의 성패를 이룰 수 있다고 볼 정도로 스승의 인품과 덕목을 중대하게 인식하였으며, 教化興隆의 막중함을 망실한 당시 스승된 자의 태도를 신랄하게 비난하기도 하였다.[33] 그리고 「贈諸生序」에서는 교관으로서 제자를 권면하는 훈사를 기술하였다.[34] 그는 과거시험에 필요한 시문에만 골몰하지 말고 심신을 가다듬는 실천에 힘쓰는 진정한 문장가가 되기를 곡진히 당부하였으며, 훌륭한 스승을 잘 선택하여 심신수양에 노력하기를 강조하기도 하였다.

이상에서 살펴보았듯이, 師道와 관련된 문장은 다른 것에 비해 겨우 2편에 불과하지만, 작자는 위에 거론한 문장을 통하여 스승 된 사람의 품성을 강조하면서 당시 만연된 師道의 그릇된 풍토를 고발하였으며, 아울러 학식에 앞서 덕성을 갖춘 인물이 되기를 제자들에게 당부하기도 하였다.

---

33) 위의 책, 권1, 「師生規則序」: "師位最尊, 師道最重, 恩同君親, 功侔天地, 非有至行懿德, 能變化人氣質, 成就人材器, 莫得以據斯位, 傳斯道.……人家一代之興替, 在於子弟, 子弟一身之成敗, 擊繫於師傅. 所以師位竝列於天地君親, 其責任之重且大, 無可與比也.……余故不揆妄猥, 蒐輯舊聞, 間附謏議, 以成此編, 惟願爲師生者, 不謂鄙卑, 取資勖勵, 正己化人, □追古師之賢, 擇善盡誠, 痛革時輩之謬, 使師尊道重, 以成忠孝根基, 豈徒舊染之丕變? 庶幾隆化之復覩."

34) 위의 책, 권1, 「贈諸生序」: "吾與爾曹, 相守多月, 尋常日課之外, 未暇講到於爲學之方, 心常缺然. 今當歲盡各歸, 後會難定, 玆掇數語, 以當心贈, 可於日夕無事之時, 記而念之, 無作弁髦看也. 西州全坊, 或有文詞之人, 而此非正心律己, 守先待後者也. 其平日期望不過場屋間須用, 父詔而兄訓, 非詩則賦.……如不擇善師一, 以成其德則十年攻苦, 將歸虛地."

(4) 爲政者의 모습

『寄夢軒集』 권3에 수록된 몇 편의 상소문과 진정문에서는 촌민의 빈곤한 생활상을 폭로하고 억울한 사정을 진정하거나 효행을 선양하여 미풍을 조성하려는 위정자의 관점을 나타내기도 하였다. 작자의 정치적인 관점으로 볼 때, 위정자는 민본주의에 입각한 정치를 해야 하며 공평한 법을 집행해야 비로소 어진 정치 풍토를 이루게 되어 백성들이 편안하게 생업에 종사할 수 있게 된다고 보았다. 이에 현실에 적합한 법을 실행하여야 하는데, 폐단이 있을 경우에는 과감히 폐지하고 혁신하여 백성의 안녕을 도모해야 할 것이라고 주장하였다.[35] 아울러 인근 백성의 효행담을 통하여 소위 '移孝爲忠'의 도리를 강조하면서,[36] 위정자들이 충신・효자・열녀 등의 행실을 적극적으로 칭양하고 정려문을 세워 표창하게 되면 다른 백성들이 이를 본받아 선행을 하게 되어 자연히 미풍양속을 이루게 된다고 보았다.[37]

그리고 그는 흉년으로 기근을 당하게 된 상황을 직접 목도하면서 위정자의 강력한 애민구휼의 태도를 강조하였으며, 진휼책의 책임을 강한 논조로 피력하기도 하였다.[38] 「與西州太守李某書」 중에서 西州太守에게 사려 깊게 민정을 살피며 공평한 태도로 공무에 힘써서 명성이 멀리 퍼

---

35) 위의 책, 권3, 「上疏文」(3) : "伏以國以民爲本, 民寧則國寧, 民以法爲依, 法平則民平也. 夫法者, 爲政之權衡, 法或有偏重偏輕, 以至爲弊爲瘼, 則政安得仁以成, 而民安得寧且平乎! 且夫法久而生弊, 猶琴古而不調, 若墨守弊法, 不思其更張, 徒期於底績, 又何異鼓斷絃缺柱, 而希聲韻之淸和哉? 古人所以取譬乎此, 而宜革必革, 以安其民, 以成其政也."

36) 위의 책, 권3, 「上疏文」(4) : "移此孝於國家, 則必殉社稷, 忘身軀, 或爲忠臣, 或爲烈士, 立節義於千秋, 振綱常於萬古矣."

37) 위의 책, 권3, 「上疏文」(1) : "政先惇典, 治尙樹風, 其有根天之至孝, 振華之懿行, 則必加採擢, 不遺細大, 褒之以旌閭, 勞之以貤爵, 所以彰厥有德, 使民興感而爲善也."

38) 위의 책, 권3, 「通文」(6) : "大凡饑饉之値, 歲之所殺, 然賑以濟之, 則可全活矣 ; 丐以食之, 則可無死矣. 而今賑不得敍, 丐不得行以至於死者, 非歲之所殺也, 乃該監之所殺也."

질 수 있기를 당부하기도 하였다. 그런 태도로 볼 때, 작자는 과묵하게 자신의 본분을 지키며 사리사욕에 빠지지 않고 공정함과 신중함으로써 백성을 보살펴야 한다는 자세를 중시하였던 것으로 보인다.[39]

이렇듯이, 작자는 비록 곤궁하고 불행한 상황에 처해 있었어도, 촌민의 어려운 생활상을 목격하고 그들의 하소연을 대변하기도 하면서, 이를 안타깝게 여기는 어진 정치가의 면모를 보여주었으며, 충효를 근본으로 한 윤리기강 확립을 도모해야 한다는 태도를 견지하고 있었다.

4. 寄夢軒主人의 『鰥夢寡記』

이미 위에서 밝혔듯이, 『寄夢軒集』의 작자는 '寄夢軒主人'・'雲淵樵夫'・'西林樵夫' 등으로 雅號를 삼은 인물로, '西林'에서 살았던 崔氏라는 문재를 지닌 빈한한 선비였다. 그의 아호 중에서도 특히 기몽헌 주인은 『寄夢軒集』이 그의 저서임을 나타내는 표식과도 같은 역할을 한 것으로 보인다. 아래에서는 『寄夢軒集』과 『鰥夢寡記』이 동일한 작자에 의해 이뤄졌다고 추정할 수 있는 측면을 살펴보려고 한다.

『寄夢軒集』에 수록된 문장을 전체적으로 보면, 書簡・贈序文・通文・上疏文・陳情書 등의 글이 대부분 수록되었고 몇 편의 雜記가 포함되었는데, 그중에서도 「狗爭食記」는 유일하게 기몽헌 주인이라는 아호를 드러낸 雜記類의 古文小品이다.

그런데 공교롭게도 『鰥夢寡記』의 覺夢部에서도 기몽헌 주인이라는 인

---

39) 위의 책, 권2, 「與西州太守李某書」: "弟閉戶塊蟄, 已爲幾多月, 人呼爲入定僧.……惟我於兄, 契參金蘭, 資以規箴, 二十有餘年于玆. 兄且樂聞己過, 從善如不及……另爲熟思深處, 務存公平, 克愼終始, 遠馳美譽云云"

물이 등장하여 작품의 入夢部에서 벌어진 주인공의 夢境을 夢幻小說로 기술하면서 자신의 夢論을 설파한 작자로 활약하고 있다. 이미 언급했듯이, 『鰥夢寡記』 중에서 작자는 자신의 인생관을 '寄夢軒主人'이 설파하고 있는 '萬事皆夢'·'浮生若夢'의 담론으로써 응축시켜 작품의 주제를 부각시키고자 하였다. 작자는 『鰥夢寡記』중의 夢論을 통하여 자신의 인생철학을 투영시킴으로써 기몽헌 주인이라는 雅號에 함축된 의미를 표출하기도 하며, 몽환소설로서의 覺夢 부분을 특색있게 도출시킨 문학적 효과를 극대화하였던 것이다.

또 한편으로 두 저서의 작자가 동일한 인물이라고 추론할 수 있는 단서로는 『寄夢軒集』에 표현된 작자의 현실적인 신세와 생활환경이 『鰥夢寡記』에서도 비슷하게 설정되어 있다는 점이다. 『寄夢軒集』에 수록된 문장 도처에서는 '留連西州'·'借寓海陬'·'移寓竹林荒村'·'萍鄕'·'處奇惡之鄕'·'海隅蒼生' 등의 표현으로써 작자의 생활환경을 엿볼 수 있게 하였다. 아울러 '迷遯年今十五'·'寓此惡鄕, 而能卄載支存.'이라고 언급하기도 하였고, 작자가 70살 무렵에 쓴 「與具雅書」 중에서는 20여 년간 '萍海'와 같은 타향에서 지내게 되었다고 진술한 바 있다.[40] 또한 작자는 이미 「答尹學者書」 중에서 '西林樵夫 崔某'라고 자신의 姓氏와 '西林' 지역에서 거처하는 빈한한 인물이라고 자처한 바 있으므로, 『寄夢軒集』은 '西州의 竹林'라는 황폐한 생활환경 속에서 편찬된 것으로 보아도 될 것이다. 그런데 『鰥夢寡記』의 초두에 제시된 "南湖之濱, 西林之野"라는 작품의 배경은 『寄夢軒集』 중에서 작자가 자주 언급한 '西州의 海隅'·'西林'에 해당된 곳이라고 여겨진다.

그리고 작자는 『寄夢軒集』의 한 서간문 중에서 홀아비 신세가 되어 집

---

40) 위의 책, 권2, 「與具雅書」(3) : "信宿山房, 剪燭縱談, 是係卄載萍海, 第一奇緣也."

안 살림을 맡아줄 여인이 곁에 있었으면 하는 소망을 언급한 바 있다.[41) 그런데 『鰥夢寡記』에서는 작자 자신의 고달픈 홀아비 신세와 소망을 작중 인물 중에 '醉傖'이라고 자칭하는 홀아비 주인공을 내세워 과부에게 청혼하는 사건을 전개시키고 취중에 노골적인 언동을 표현하면서 잠재된 욕망을 이루려는 인간의 꿈을 묘사하였다. 『鰥夢寡記』 중에 묘사된 주인공 홀아비의 빈한한 생활모습과 홀아비 신세로서의 간절한 소망의 형태는 『寄夢軒集』 중에서 고백한 작자의 것과 자못 동일함을 느끼게 하는 점이기도 한 것이다. '기몽헌 주인'은 『鰥夢寡記』를 통하여 소위 '萍海'와 같은 곳에서의 곤궁한 삶과 홀아비로서 노년기의 여생을 보내야 했던 현실을 일시적인 몽중세계 중의 奇緣에라도 의탁하고 싶은 간절한 심경을 토로하였다고 말할 수 있겠다.

그리고 『鰥夢寡記』의 첫 부분에서 작자는 주인공 인물이 한낮의 무료한 시간을 소일하는 일상적인 생활 모습을 제시하면서 몽중세계 도입을 준비하는 상황을 묘사한 바 있는데,[42) 『寄夢軒集』에서도 대체로 특별한 일거리도 없이 빈둥거리며 지내야 하는 상황 속에서 어쩔 수 없이 낮잠에나 빠져보며 게으름을 부리기도 하였던 생활태도를 기록하기도 하였다. 「與竹窩山人書」를 보면, 작자의 무기력한 그런 생활모습을 진술하면서, 관여할 일도 없고 찾아올 빈객도 없는 단조로운 일상생활 속에서 낮잠이나 이루면서 나태한 모습을 보일 수밖에 없었던 현실상을 토로하기도 하였던 것이다.[43)

41) 위의 책, 권2, 「與人書」(19) : "衰陋之相, 鏡以自照, 亦知非二十年前之我,……舊題拙句云 : '曾謂大痴能出世, 始知健飯可延年.' 玆奉一誦, 用申心禱, 未知謂以如何耶? 鰥如蛹居繭, 非直坐寒, 無明惱火, 一時陡發, 可燒八萬須彌……若得管家一婆, 整頓舊日井臼, 則當詣治底, 乞借一廛而爲氓, 此籌已決在心窩."

42) 『鰥夢寡記』(제1쪽) : "白晝無聊, 黃孏多情, 藉草枕閾, 直伸兩脚, 摩腹而臥, 臥輒齁齁然睡."

43) 위의 책, 권1, 「與竹窩山人書」 : "近且閉戶息影, 罕有過從, 日向午, 輒爲睡魔所迷, 騰騰然遊黑甛鄕而忘其返也, 懶慵之態, 亦自憎厭, 然不懶慵, 亦復何爲?"

이렇듯이, 『寄夢軒集』 작자의 雅號인 '기몽헌 주인'은 우연히도 『鰥夢寡記』의 작자로 여겨지는 인물의 雅號와 동일하였으며, 문집과 몽환소설 중에 표현된 생활 모습과 소망의 유형은 자못 유사한 면모를 드러내고 있었다. 이런 추론으로써 본고에서는 『寄夢軒集』과 『鰥夢寡記』는 동일한 작자에 의한 저서라고 판단하게 되었던 것이다. 그래서 『鰥夢寡記』와 『寄夢軒集』의 작자라고 추정하는 '기몽헌 주인'은 '竹林'이라는 '惡鄕'에서 곤궁한 노년기를 지내게 된 자신의 처지와 개인적인 현실구원의 소망을 주제로 삼아 몽환소설 『鰥夢寡記』를 탄생시켰다고 보는 바이다.

한마디로 말해서, '기몽헌 주인'은 문학성 넘친 글재주와 진솔한 심정으로써 자신의 꿈을 『鰥夢寡記』에 의탁하였던 것으로, 이는 '寄夢軒'이라는 雅號의 상징적 의미를 몽환소설 세계 속에서 그대로 발현하였다고 하겠다. 아울러 『鰥夢寡記』중에 등장한 '기몽헌 주인'은 '西林樵夫 崔某'라는 인물이라고 말할 수 있겠으며, 『鰥夢寡記』와 『寄夢軒集』은 '西州'에서 20여 년간 지낸 생활 속에서 이뤄진 저술이라고 보아도 될 것이다.

5. 結論

본고에서는 『寄夢軒集』에 수록된 문장을 통하여 작자의 생애와 생활 면모를 자세히 살펴보았으며, 아울러 『鰥夢寡記』작자와의 관련성을 탐색하고자 하였다. 이상에서 논술한 내용을 종합하여 요약하면, 다음과 같다.

첫째, 필자는 1997년에 졸고를 통해 학계에 『鰥夢寡記』를 소개하면서 작자 미상으로 작품 연구를 한 적이 있다. 그 이후 『鰥夢寡記』의 작자에 대한 궁금증이 있었어도 별다른 해결책이 없었는데, 樂隱 姜銓燮 教授의 古書 수집에 대한 남다른 애정과 국학 연구에 대한 끊임없는 노력의 성과로 그 해답이 다소 해결되었다. 낙은선생은 고서상에서 『鰥夢寡記』와 『寄夢軒集』을 구입할 당시에 두 책이 한 묶음으로 묶여 있었다는 사실과 『寄夢軒集』 작자의 雅號와 『鰥夢寡記』의 작중인물인 '기몽헌 주인'의 雅號가 일치한다는 점을 근거로 하여 별세 직전에 양서의 저자를 동일인으로 판단하게 되었던 것이다. 본고에서는 故人의 卓見을 바탕으로 하여 『寄夢軒集』의 작자를 둘러싼 사항을 살펴보면서, 이를 통하여 『鰥夢寡記』의 작자 규명의 실마리를 찾아보고자 하였다.

둘째, 『寄夢軒集』을 자세히 검토한 결과, 작자는 咸陽府院君 崔光輝의 후손이며 壬辰功臣이었던 崔克成의 八世孫으로 乙酉年(1824년)에 태어난 인물로 보인다. 평범한 향리의 선비로서 빈곤한 생활을 지내면서도 省齋 柳重教(1821-1893)의 門人인 三希堂 尹錫鳳(1842-1910)과도 학문적으로 교유하기도 하였다. 작자의 雅號는 『鰥夢寡記』와 『寄夢軒集』 중에 기록된 표현에 따르면, '寄夢軒主人'·'雲淵樵夫'·'西林樵夫' 등으로 불린 것으로 여겨진다.

셋째, 작자는 본래 嶺南 星州에서 조상 대대로 살다가 西州(現 충남 서천 지역)로 이주하여 살게 되었다고 진술하였다. 『鰥夢寡記』와 『寄夢軒集』 중에 표현된 작자의 고적하고 궁핍한 생활상을 검토해 본 결과, 양서는 작자 '기몽헌 주인'의 20여 년간에 걸친 西州생활 속에서 응집된 忍苦와 悔恨의 산물이라고 말할 수 있겠다.

다시 종합하건대, 필자는 낙은선생의 『寄夢軒集』 발굴과 작자 연구에 힘입어서 그동안 작자 미상으로 파악했던 『鰥夢寡記』가 『寄夢軒集』과 동일한 작자인 '西州'의 '西林樵夫 崔某'에 의한 저작물임을 추정할 수 있게 되었다. 『寄夢軒集』은 편찬체재도 제대로 갖추지 못한 초고본 형태의 필사본이고 수록된 문장은 문학적인 높은 풍격을 지니지는 않았어도, 작자의 생애와 생활상을 넉넉히 엿볼 수 있는 개인 문집으로서 『鰥夢寡記』의 작자를 고찰할 수 있도록 하였다는 점에서 학술적 가치가 있다고 할 것이다. 양서 사이의 밀접한 상관성을 고려하면서 저작물에 표현된 작자의 생평과 그 수록 내용을 면밀히 검토하여, 마침내 『鰥夢寡記』의 작자 고증을 할 수 있었음은 한문소설 연구상의 새로운 수확이라고 하지 않을 수 없겠다.

참고문헌

樂隱文庫本, 『寄夢軒集』, 한문필사본 (1책 3권, 총 74장)
樂隱文庫本, 『鰥夢寡記』, 한문필사본 (1책 1권, 총 31장)

『新舊對照朝鮮全道府郡面里洞名稱一覽』, 서울 : 中央市場刊, 1917.
『地方行政區域一覽』, 서울 : 內務部 地方局刊, 1966.
『最新改正朝鮮區域一覽』, 서울 : 永昌書館刊, 1943.

姜銓燮 教授 遺筆稿, 「寄夢軒集 著述者 硏究 核心 資料」 (2004.3.5－2004.3.9 작성 완료본)
姜賢敬, 「『鰥夢寡記』에 대하여」, 『어문연구』 제29집, 어문연구학회, 1997.
金舜東, 『韓國故事大典』, 대전 : 回想社, 1965.
金興圭・崔溶澈・張孝鉉・尹在敏・尹柱弼, 「韓國漢文小說目錄」, 『고소설연구』 제9집, 韓國古小說學會, 2000.

『鰥夢寡記』의 작품 연구*

1. 緖言

주지하는 바와 같이, 그동안 학계에서는 夢字類小說과 夢遊錄系小說에 대한 다각적인 연구를 통하여 작자 규명·꿈의 관념·내용상의 유형·서술구조의 고찰·유사한 작품 등에 관련된 연구를 지속적으로 진행하여 왔다.[1] 본고에서 고찰하고자 하는 『鰥夢寡記』는 홀아비와 과부 사이에 벌어지는 결연 사건을 다룬 작품으로, 학계에 널리 알려지지 않은 한문본 몽환소설[2]에 속한다. 『鰥夢寡記』는 현재 樂隱 姜銓燮 敎授의 귀중서책을 보존하고 있는 樂隱文庫에 보관되어 있어서 필사 상태를 정확히 살

---

* 본고는 『어문연구』 29집(1997.12)에 수록된 논문 「『鰥夢寡記』에 대하여」를 수정하여 본서의 부록에 첨부하게 되었음을 밝혀둔다.

1) 張德順, 「夢遊錄小考」, 『國文學通論』, 서울 : 신구문화사, 1963.
丁奎福, 「幻夢說話考」, 『亞細亞硏究』 통권18호, 고려대, 1965.
成賢慶, 「李朝夢字類小說硏究」, 『國語國文學』 54호, 1971.
車溶柱, 「夢遊錄과 夢字類小說의 同異에 대한 考察」, 『청주여사대 논문집』 3권, 1974.
강중탁, 「幻夢小說硏究」, 『명지어문학』 제14호, 1982.
車溶柱, 『夢遊錄系構造의 分析的 硏究』, 서울 : 창학사, 1979.
柳鍾國, 『夢遊錄小說硏究』, 서울 : 아세아문화사, 1987.
신재홍, 『韓國夢遊錄小說硏究』, 서울 : 계명문화사, 1994.
梁彦錫, 『夢遊錄小說의 敍述類型硏究』, 서울 : 국학자료원, 1996.

2) 꿈을 소재로 한 소설을 몽환소설 혹은 환몽소설으로 명칭하고 있는데, 이 작품에서는 覺夢되는 순간을 기술한 부분에서 "大叫一聲而驚覺, 乃辰時之夢幻也."라고 표현하였으며, 중국에서 편찬된 『漢語大辭典』에서도 '夢幻, 夢中幻境, 多喩空妄'으로 풀이하고 있다. 그래서 '夢幻小說'이라는 술어로 부르기로 한다.

펴볼 수 있다. 특별한 서지사항을 간략히 소개하면, 원문에 구결이 달려 있는 필사본으로, 책의 크기는 가로 19.5cm×세로 19cm이고, 책의 체재는 31장(內表紙 1장, 面紙 2장은 제외), 每面 10行, 每行 12字이며, 필체는 해서체로 비교적 정제된 편이다.[3)]

작자는 친숙하고도 신선한 꿈의 소재를 통하여 평범한 인간이 염원하는 '夢'에 대한 현실적 성찰과 비판을 소위 「萬夢歌」와 몽론 사설의 내용으로써 심오하게 표현하고 있어서 기존의 몽환소설류와 구별될 만한 특색을 지니고 있다. 이에, 필자는 『鰥夢寡記』에 담겨 있는 작품의 주제와 표현 양상 및 그 수법 등을 파악하여 조선시대에 지어진 몽환소설로서의 특색을 정밀하게 고찰해 보려고 한다.

2. 表現樣相

몽환소설이 꿈을 가탁한 소설양식이라고 한다면, 그 표현양식은 어떤 이야기 내부에 꿈 이야기가 들어 있으므로 일종의 액자소설의 형태를 지니게 된다. 李在銑은 우리 소설사에 있어서 액자소설의 특성과 표현양상에 대하여 논술하면서, 액자소설은 "이야기 속에 하나 또는 여러 개의 비교적 짧은 내부 이야기를 내포하는 소설의 구성형식"이라고 규정한 바 있다.[4)] 곧 [도입액자－액자내부－결말액자]의 구성을 지닌 소설형태가 액자소설이라는 것이다. 『鰥夢寡記』에서는 이러한 액자소설의 서술구조를 잘 운용하여 入夢前(도입부, 현실세계)・就夢後(전개부, 夢中世界)・覺夢後(종결

---

3) 姜銓燮, 「언문칙목록 (諺文冊目錄)小考」, 「附錄」, 史在東編, 『韓國敍事文學史의 硏究』 V, 中央文化社, 1995.10, 2138쪽.

4) 李在銑, 『韓國短篇小說硏究』, 서울 : 일조각, 1981, 95쪽.

부, 현실세계)의 세 부분으로 크게 나누어 표현·전개하고 있다.

아래에서는 본 작품을 入夢前의 現實·就夢後의 夢中世界·覺夢後의 現實 등 세 부분으로 나누어 각 부분에 나타난 내용과 표현상의 특색을 살펴보기로 하겠다.

1) 入夢前의 現實

이 부분은 문장 서두의 "南湖之濱……"에서부터 "臥輒齁齁然睡"까지 해당되는데, 여기에서는 주인공 소개을 비롯하여 시·공간 배경 제시와 입몽 분위기 조성 모티프가 간결하게 표현되어 있다. 대부분의 몽환소설은 서술구조상 시공을 한정하는 글귀가 최초의 발화문으로 서술되는 것이 일반적이다. 『鰥夢寡記』의 맨 처음 發話語辭는 "南湖之濱, 西林之野"로서 공간을 설정하는 지시어로 표현되었지만, 작품의 공간 배경을 위한 세밀하고 구체적인 묘사로 운용되지 않았다. 다만 막연한 현실세계의 공간성을 표현하는 역할을 제시하고 있을 뿐이며, 몽중세계 속에서는 더 이상 그 장소와 관계된 상황표현도 없고 어떤 기능도 담당하지 않았다. 주인공의 거처를 제시하는 공간의 의미로써 단순하게 등장한 것이다.

또한 시대적 배경 대신에 "白晝無聊, 黃孏多情, 藉草枕閾, 直伸兩脚, 摩腹而臥, 臥輒齁齁然睡"라는 표현으로써 한낮의 무료한 시간적 상황을 나타내고 있다. 이로써 작자는 몽중세계 도입을 준비하는 상황묘사를 제시한 셈이다. 주인공에 대한 인물 소개에 있어서도 주인공 인물의 성명·그 인물의 주변사항 혹은 몽유사건을 발생시킬 수 있는 주인공의 욕망이나 이상을 자세하게 기술하지 않고, 겨우 "有一鰥夫, 自號酒傖"이라는 여덟 글자의 간결한 언급으로써 주인공의 성품과 신세를 암시하고 있을 따름이다.

이런 작품 서두의 내용으로 미뤄 볼 때, 주인공은 홀아비로서 '酒僋'이라고 자칭할 만큼 술을 좋아하고 '南湖'에 근접한 '西林'의 들녘에 살면서 별로 시속에 조급히 매달리지 않고 사는 인물이며, 한낮의 무료함을 달래기 위해 풀밭에 덜렁 누워 낮잠을 즐기는 안일한 생활태도를 지녔음을 알 수 있겠다. 이처럼 입몽 이전에 묘사된 상황과 주인공에 관련된 인물 소개는 비교적 간결하고 단순하게 처리되어 있어도, 이후에 전개될 몽중세계에서의 체험과 심경을 술회할 수 있는 장치는 충분히 마련되었다고 볼 수 있다.

2) 夢中世界

몽중세계에서는 홀아비가 낮잠을 자는 동안에 일어나는 일련의 상황과 사건을 펼치고 있는 내용을 기술하고 있는데, "無人喚醒, 直睡到日欲沒時……"에서부터 "大叫一聲而驚覺, 乃辰時之夢幻也."에까지 해당된다. 일반적으로 몽환소설은 몽환의 전개 무대가 대개 仙界라든가 혹은 부귀공명의 욕망을 달성할 수 있는 가상적인 허구의 상황으로 설정되어 있다. 그런데 『鰥夢寡記』에서는 지옥도 천상도 선계도 아닌 과부와 홀아비가 결연을 맺게 되는 현실적인 상황과 매우 흡사하여 홀아비가 현실적으로 생활하고 있는 주변상황이 지속적으로 연출되고 있는 인상이 들 정도이다. 그리고 주인공의 입몽 과정은 어떤 신비한 도술이나 간절한 발원에 의한 것이 아니라, 혼자서 낮잠을 즐기다가 자연스럽게 꿈의 세계로 들어서는 것이었다.

작품 중의 주인공이 몽중세계 속에서 체험하게 된 일련의 상황과 사건의 내용을 전개된 순서대로 요약해 보면, 다음과 같다.

(1) 주인공 홀아비는 낮잠 상태 속의 꿈에서 깨어나자, 술 생각이 간절하고 갈증이 심하여 주점을 찾아 가기로 한다.
(2) 홀아비는 문을 나서려던 참에 이웃집 노인이 어떤 낯선 어린애와 함께 사립문에 기대어 있음을 발견하고 그 어린애의 신상을 묻던 차에, 그 아이가 청춘과부의 자식으로 그 어미와 함께 이웃 노인의 집에 거처하고 있음을 알게 된다.
(3) 홀아비는 이웃 노인에게서 청상과부의 처지를 캐물은 후에, 앞마을에 들어가서 이집 저집을 찾아들며 인사불성이 되도록 술을 실컷 마시고 주정을 한다.
(4) 홀아비는 술에서 깨어날 즈음에 찬물을 몇 사발 들이키고, 가을밤 긴긴 밤 동안 전전반측하면서 자신의 빈궁하고 외로운 신세를 한탄한다.
(5) 다음 날 아는 사람들을 찾아다니며 자신의 외로운 심사를 하소연하자, 이웃사람은 그를 동정하고 홀아비를 위해 과부가 거처하는 노인 집을 찾아가 그의 속마음을 전해 준다. 그러나 노인은 홀아비와 청상과부의 문제에 관여하지 않겠다고 냉담하게 거절한다.
(6) 홀아비는 노인이 자신의 빈한하고 몰락한 처지를 싫어하여 거절했다고 여기고서, 곧바로 노인을 찾아간다. 그는 노인에게 홀아비와 과부가 한 마을에서 짝을 이루지 못하고 사는 것은 말도 되지 않는다고 말하고서, 자신과 과부 간에는 나이와 집안 형편이 잘 맞으므로 과부와 결연할 수 있도록 주선해 달라고 다시금 부탁한다. 그러나 노인은 여전히 홀아비의 중매자 노릇을 할 수 없다면서 이를 단호하게 거절한다.
(7) 홀아비는 노인의 냉담한 태도를 알아차리고 직접 과부를 찾아 나선다. 과부는 이웃에 사는 홀아비가 문 앞에서 자기를 부르는 소리를 듣고 수치스럽기도 하고 두렵기도 하여 대답을 하지 않는데, 홀아비는 떠들썩하게 계속 과부를 불러댄다. 어쩔 수 없게 된 과부는 문을 열고 무례한 홀아비에게 호통을 친다.
(8) 그러나 홀아비는 문밖에 서서 음양이 서로 어우러짐은 천지만물의

이치임을 강조하고, 과부의 수절을 비난하며 재가할 것을 설득한다.

(9) 과부는 홀아비에게 합당한 도리로 거절할 수도 없고 욕을 당할까 걱정하여 한 계책을 내게 된다. 그것은 홀아비와 과부의 결연이 비록 정상적인 혼인은 아니지만 중매인을 통하여 예를 갖추자는 것이다.

(10) 홀아비는 사소한 규범에 얽매이면 큰일을 이루기 어렵고, 또한 홀아비와 과부의 결합은 사람들이 행하는 이상한 일도 아니므로, 매파 없이 서로 맞대면하여 인연을 맺자고 요구한다.

(11) 과부는 홀아비의 가택·부모·형제자녀 등을 비롯하여, 나이·직업·선대의 가세 등도 세세히 물어본다.

(12) 과부는 홀아비에게 어려서 부모를 여윈 뒤에 친척에게 양육되다가 15살에 혼인하여 20살에 청상과부가 되기까지 일련의 처참한 과거 사실을 실토한다. 그런 뒤에 자신에게는 어린 자식도 딸려 있고 남편을 배반할 수 없는 처지라서 재가할 수 없는 데도, 다른 사람들은 망령스럽게 자신의 입장과 심정을 헤아리지 않은 채 외로운 과부의 신세로서만 얘기하더니, 마침내 홀아비가 문을 박차고 자신을 찾아오게 된 형편이라고 설명하면서 그의 청혼을 완곡하게 거절한다.

(13) 홀아비는 청혼 거절을 듣고 참담하게 느끼다가, 얼마 후에 동자를 불러 술을 사오게 하여 혼자서 급히 술을 들이키고서 과부에게 억지로 술잔을 권한다. 과부가 술을 마시지 않자 홀아비는 酬酌之法을 설명한 후에, 공경스러운 거동으로 唱 한 소절을 나직이 깔고서 陰陽配合酒라고 하면서 과부에게 술잔을 올리지만, 과부는 여전히 술잔을 받으려 하지 않는다. 이에, 홀아비는 부엌에 들어가서 칼을 들고 자결할 기세를 보이자, 그때서야 과부는 어쩔 수 없이 술잔을 급히 들어 몇 모금 슬쩍 마신다. 홀아비는 과부의 손을 잡고 합환주를 마신 기분으로 큰일은 이뤄지고 숙원이 이뤄질 것이라고 혼자 좋아하며 술 단지를 마저 다 비운다.

(14) 과부는 뒤늦게야 홀아비의 유혹에 빠져든 것을 깨닫고 후회막급이

라고 생각되어서, 그의 심중을 또다시 확인해 본다. 홀아비는 옆에서 잠들어 있는 과부의 아들을 끌어안고 앞으로 제 자식처럼 양육하겠노라고 과부에게 언약하며 과부의 마음을 사로잡으려 한다.

(15) 홀아비는 식자층과 귀족양반들이 자신의 자질을 인정하고 있으며, 게다가 점성술에 능통한 南里의 곽선생의 점괘로는 35살에 만사가 형통되고 집안에 경사가 있게 될 것이라고 예견했다고 말한다. 또한 무당의 예언으로도 己酉日에 기묘한 만남이 있겠다고 축하했는데, 오늘이 그 운수에 맞는 날이라고 했다면서 과부와는 필연적인 결합이 있겠다고 강조한다.

(16) 과부는 홀아비가 오랫동안 방탕생활을 하여 나쁜 습성이 몸에 배였다고 생각하고, 그한테 결연 이후에 잘못된 생활을 버리고 규범적인 생활실천을 당부한다.

(17) 홀아비는 오늘이 길일이므로 달리 택일할 필요가 없다고 말한 후에, 자신의 흙집을 청소하고 혼례를 거행하자면서 과부와 어린애를 이끌고 노인의 집에서 나온다. 이때 노인이 나타나 그의 경망스런 거동을 책망하고 이들의 결연을 냉소하며 제지한다. 그러나 홀아비는 조금도 꺼리지 않고 새 식구를 거느리고 그 집에서 나가 버린다.

(18) 마침내 홀아비와 과부는 밤새도록 說舊話新하며 雲雨之情을 나누게 된다.

(19) 과부는 첫날밤에 홀아비의 격렬한 욕정을 체험하면서 그의 지나친 색욕에 대한 두려움을 느낀다. 그러나 홀아비는 "以酒當飯, 以色當肉"한다는 생활태도를 말하면서 열 명의 여자도 거느릴 수 있는 정력과 혈기가 넘친다고 자랑스럽게 얘기한다.

(20) 과부는 색정 같은 홀아비에게 평생을 의탁하려 했음을 후회하고 한탄하다가 그만 기절해 버린다.

(21) 홀아비는 황홀한 욕정의 발설이 사라지기도 전에 과부가 기절해 버리자, 당황스러움과 허무함을 느끼게 된다.

(22) 다급해진 홀아비는 컴컴한 밤길에 급히 의원을 찾으러 나가다가

도중에 호랑이를 만난다. 호랑이는 사람 소리를 내며 홀아비가 과부를 유혹하여 음탕함에 빠져 들었고, 또한 과부에게 자신의 위엄을 과시하느라 호랑이도 겁나지 않는다고 말했던 죄과를 꺼내어 크게 꾸짖는다. 그리고 天神이 진노하여 호랑이 자신한테 홀아비를 잡아먹으라고 분부했다고 말한다.

(23) 호랑이가 으르렁거리며 홀아비에게 덤벼들자, 홀아비는 그만 혼비백산하여 도망가다가 그만 실족하여 낭떠러지에 떨어지면서 소리친다. 깜짝 놀라 꿈에서 깨어나 보니, 辰時의 꿈이었다.

이상에서 살펴보았듯이, 몽중에서 발생한 일련의 상황과 사건은 현실감 넘치는 소재라고 할 수 있는데, 작자는 이를 매우 흥미롭게 표현하였다. 이를 토대로 몽중세계 속의 주인공과 그를 둘러싸고 있는 등장인물들이 전개한 사건을 검토하여 몽중체험에 나타난 사실과 그 의미를 탐색해 보도록 하겠다.

첫째, 주인공 홀아비는 입몽 이전의 현실에서 어떤 자탄을 통하여 자신의 애달픈 신세를 심각하게 표현하지 않았지만, 입몽의 상태에서 발생된 자연적인 몽환의 체험이 마치 현실의 상황을 대변하고 있듯이 사실적으로 전개되었다. 다만 홀아비로서의 처지와 '酒傖'이라고 자칭할 만한 기질과 성품 속에서 주인공의 잠재적인 염원과 습성이 몽중에서 일어나게 될 사건과 긴밀한 관계를 지니게 됨을 암시하고 있다. 다시 말해서, 본 작품에서는 몽유 이전의 현실세계에서 기술된 사항이 몽중세계에서 발생되는 어떤 사건 내용에 대한 은유적이고 암시적인 표현이 되므로, 양 세계 사이에는 상호 관련성이 어느 정도 내재해 있다고 할 수 있다. 그런 상관적인 서술구조상에는 몽중세계의 체험과 술회가 마치 입몽 이전 홀아비의 현실적 염원의 언어로 채워진 것 같은 느낌이다. 이로써 꿈에서라도 실컷 토로할 수 있었던 주인공의 심경 고백적인 자탄과 현실에서 실현하지 못한 욕구와 욕망이 뚜렷하게 표출되었던 것이다. 그런 홀아비 자신의 현실적 갈망은 어디까지나 개인적인 생활에 관한 것이었으며, 이상적인 국가 건설 또는 정치적 영달에 관련된 상황과 전혀 관계되지 않았다.

주인공은 그런 자탄과 간절한 소망 속에서 자신의 잠재의식과 욕망을 적나라하고 진솔하게 거침없이 표현할 수 있었다. 그것은 홀아비로서 지녔던 잠재의식을 표출하고 성취해가는 일련의 사건을 전개시키는 장치가 되었다고 하겠다. 몽유사건의 전개 중에서 맨 처음 홀아비가 이웃집 과부의 처지를 전해 듣고 과부의 처소에 직접 찾아들어 당당하게 청혼을 하면서 수절을 고집하는 과부에게 재혼의 정당성을 역설하는 그의 언변은 매우 설득력 있게 보인다.

寡婦雖云無主之物, 得鰥夫則爲有主之物, 獨自守苦節, 何如享甘樂? 陰陽相包, 離之不能, 天地之道也, 萬物之理也. 么麽寡婦, 逆天違理, 殃必及之, 不知慮此, 反責人爲? 自稱守節, 尤爲齒冷! 節果堅守不改, 則旌門將立耶? 職帖將下耶? 只如失侶之鴛鴦, 離群之鵁鶄, 人或憐之, 其憐何恃? 人或稱之, 其稱何榮? 百年電忙, 一生泡幻, 虛老靑春, 歸臥北邙, 空山寂寞之中, 杜鵑啼, 月黃昏, 誰吾子而呼寡氏, 何蟻雛而慕寡氏? 寡氏年芳而姿艶, 鰥吾氣壯而體健, 欲選良匹, 捨我其誰? 接旗鼓而酣戰, 知將軍之武藝. 且以人器論之, 我國八方三百州, 英雄氣像, 孰吾儔?

과부가 비록 주인 없는 몸이라 하지만 이 홀아비를 얻으면 주인 있는 몸이 될 것인데도, 유독 굳은 절개만을 고집한다면 어떻게 달콤한 쾌락을 누릴 수 있겠소이까? 음양은 서로 감싸고 있어서 떨어지려해도 떨어질 수 없는 것이니, 그야말로 천지의 법도이며 만물의 이치로소이다. 변변치 못한 과부가 하늘의 이치를 어기면 재앙이 몸에 찾아들게 되거늘, 이런 것을 헤아리지도 못하면서 오히려 사람을 책망하는가? 자칭 수절한다하

> 니 더욱 기막히군요! 과연 절개를 지킨다면 열녀문이 장차 세워지겠소? 직첩이 장차 내려오겠소이까? 다만 짝 잃은 원앙이고 무리 떠난 백로 신세와 같겠지요. 남들이 혹여나 가엾게 여긴다 하여도 그런 인정을 어찌 의지할 것이며, 남들이 혹시 칭송한다 해도 그런 칭송이 어찌 영광스럽겠소? 백 년 세월이 번갯불 번뜩거리는 듯하고 일생이 물거품 같거늘, 청춘을 헛되이 늙도록 보내다가 북망산천에 돌아가 누워 있으면, 텅 빈 산 적막함 속에 두견새가 울어대고 달빛이 비칠 때 어떤 친한 이가 있어서 과부댁을 불러 줄 것이며, 어떤 하잘 것도 없는 개미 새끼라도 있어서 과부댁을 그리워하겠소이까? 과부댁은 아직 나이도 적으며 자태도 곱고, 이 홀아비는 기운이 넘치고 건장합니다. 좋은 배필을 얻을라치면 나를 버리고 누가 또 있겠소? 깃발과 북소리에 접하여 한참 싸우다보면 장군의 무예를 알게 되는 겁니다. 또한 사람의 그릇됨을 논할 것 같으면, 우리나라 팔방 300여 고을의 영웅 기상을 지닌 사람 중에서 누가 나에게 대적할 수 있겠소?

이렇듯이 홀아비는 과부 수절의 공허한 명분과 물거품같이 허무한 인생살이를 얘기하며 애써 수절하는 과부의 심경 변화를 기대하고, 건장하고 혈기 넘친 영웅기상을 지닌 자신에게 재혼해 올 것을 설득하고 있다. 그러한 홀아비의 태도에 대해 과부는 비장한 각오와 설득력 있는 말솜씨로 자신에게 구혼하는 홀아비에게 합당한 도리로써 거부할 수도 없고 술주정꾼의 기질을 지닌 남자한테 치욕을 당할 것 같은 두려움 때문에 매파를 통한 혼례를 제안하여 눈앞의 위기를 모면하고 싶어 했다.

그러나 홀아비는 이에 맞서서 홀아비와 과부가 짝을 맺는 것은 '非人間之異事'라고 주장하며, 매파 없이 서로 맞대면하여 결정한다고 해도 매우 광명정대한 처사라고 강조하였다. 더 이상의 할 말을 못하게 된 과부는 방문 앞에 서있는 七尺의 건장한 홀아비에게 그의 나이·가족관계·재산정도 등의 신변사항을 하나하나씩 물어보는 관심을 보이면서도, 수절을 해야 한다는 관념과 아비 잃은 어린 자식을 키워야 한다는 생각을 떨치지 못하여 청혼을 거절하였다.

본 작품의 찬술시기를 조선시대로 추측해 볼 때, 위와 같은 과부와 홀아비 사이에 펼쳐진 엇갈린 재가에 대한 논변은 당시의 수절에 대한 관점과 재혼의 허용 여부를 드러낸 사항이라고 할 만하다. 홀아비는 각기 짝을 잃은 鰥寡의 처지는 天地之道·萬物之理가 아니라고 인정해버리고, 과부에게 절개를 지키려는 태도는 물거품 같은 인생살이에 너무나도 허무하여 소용없으며 오히려 하늘의 뜻을 어기는 행위라고 강조하였고, 그 반면에 과부는 실절에 대한 수치심과 강폭의 욕을 당할까 하는 두려움을 지니고 있어서 쉽사리 홀아비의 청혼을 받아들이지는 않았어도, 홀아비의 언변에 그만 자신의 절개를 더 이상 지키지 못하고 홀아비를 따라 나선다. 이러한 두 인물의 태도 속에서는 당시의 사회에서 여인의 정절을 강조하는 것은 봉건사회 속에서 절대적인 미덕이 되기에는 불합리하고 인성을 매몰하는 규범이 됨을 시사하고 있어서, 이를 통하여 작자의 과감한 수절 관점을 가히 엿볼 수 있다. 여인의 수절을 과감히 부정·반대하고 있는 홀아비의 태도는 조선시대에 있어서의 혁신적인 관점에서 출발된 것으로 생각해 볼 수 있겠다. 작자는 과부 자신이 수절하기를 당연한 덕목으로 받아들이고 있으면서도 죽음으로 절개를 보전하였던 과거의 여인과는 달리, 결국 失節背夫하고 홀아비와 결연을 하여 운우지정을 나누는 장면을 과감한 필치로 묘사하고 있음은 특기할 만하다. 이것은 '烈女不事二夫'를 강력하게 주장해왔던 고답적인 유학자의 관점에서 탈피하여 인간의 본연성과 한 인간의 삶을 존중하려는 인도주의적 관점을 반영한 것이라 할 것이다. 또 한편으로는 각몽 이후의 부분에서야 등장하게 되는 기몽헌 주인의 주장대로 '居夢思夢'·'萬事皆夢'의 논점에서 개가·수절을 논쟁할 것 같으면, 그것도 부질없는 한갓 꿈과 같은데 무는 시시비비를 구분하겠는가 하는 작자의 논조를 표명한 것이라고 말할 수 있겠다. 결국 작자는 호탕한 홀아비의 과부에 대한 구혼 사건을 빌어 현실적인 수절의 실천을 비평하고 있으며, 아울러 재가의 행위는 평범한 인간의 삶에서 추구할 수 있는 매우 자연스런 인간 성정의 발로임을 시사하고 있다고 하겠다.

둘째, 본 소설에서 몽중 주인공은 몽중세계에서도 입몽 이전과 다른 새로운 인물 혹은 새로운 신분으로 변모하지 않았다. 예를 들어, 「枕中記」의 盧生은 사내대장부로서의 야망과 공명을 마음속에 지니고 있었는데, 불행스럽게 장년이 되도록 빈궁을 벗어나지 못한 신세였었다. 그러던 중에 盧生이 도사를 만나 자신의 불운한 형편을 토로하고 도사의 신통스런 베게 속에 들어가 몽중활동을 벌이게 됨으로써 몽중의 생애 속에서 진사 벼슬에서부터 여러 고관대작으로 천거되어 대장부의 큰 포부를 성취하였다.[5)]

그런데 『鰥夢寡記』에서 작자는 현실세계에서의 외로운 홀아비 처지를 몽중세계에서도 그대로 변함없이 홀아비 신분으로 표현하여, 평범한 인간이 지닌 잠재적인 현실적 욕망을 몽중세계에서 성취·체험해가는 일련의 과정을 묘사하였을 따름이다. 홀아비의 이상과 희망은 입신양명의 포부가 아니라, 다만 현실적인 자신의 외로움을 달랠 수 있는 좋은 반려자를 얻게 되는 실제적인 소박한 욕구의 실현이었기 때문에, 작자는 홀아비의 내면의식에 잠재해 있던 본능적인 욕구와 의식을 꿈속의 의식세계에서 구현해 내었던 것이다.

셋째, 본 소설에서 '술'은 주인공의 기질과 생활상, 과부와 결연을 이루기까지의 상황 전개 등에 관련된 기능을 발휘하고 있다. 작자는 입몽

---

5) 「枕中記」 중에서는 "士之生世, 當建功樹名, 出將入相, 列鼎而食, 選聲而聽, 使族益昌而家益肥"라고 표현하였다(『唐人小說校釋』(上), 臺北 : 正中書局, 23쪽).

이전에 암시한 술주정꾼의 기질을 몽중세계에서 완전히 노출시켜서 주인공의 성품과 행동을 입체화시켰다. 즉, 입몽 이전의 현실적인 '酒偺'의 기질과 습성은 몽중세계에서 사건을 더 활발하게 진행시키어 적극적으로 새로운 장면을 연출시키는 촉진제 역할을 하였다. 원래 홀아비가 술을 좋아하기는 중국의 劉伶·李太白·賀知章 등과 같은 인물을 후배라고 여길 정도로 호언장담하였는데, 과부가 재가할 수 없다면서 홀아비의 청혼을 완곡하게 거절하였을 때에는 처량하면서도 냉담하기까지 했던 홀아비의 심경은 바로 술과 술주정꾼의 기질에 의해 극적 변화를 가져오게 되었던 것이며, 또한 그런 기질은 주인공의 현실적 염원을 몽중 실현으로 유도하는 촉발 장치로 전개되었다. 이로써 작자는 주인공의 입몽 이전 현실의 잠재적 원망과 욕구를 몽중세계 속에서 완전히 성취하도록 하여 달성하기 어려운 현실적 욕망을 몽중세계 속에서 또다시 희구하는 인간의 모습을 사실적으로 묘사하고 있었던 것이다.

넷째, 본 작품 중에 등장한 이웃집 노인과 호랑이는 주인공의 잠재적인 욕망과 염원을 방해·제지하는 대립 세력, 홀아비의 혼사를 제지하고 훈계하는 반대 입장을 지닌 인물로 묘사되었다. 홀아비가 마침내 과부를 설득시키고 제 집으로 돌아가려다가 이웃 노인을 만나게 되었을 때 노인이 홀아비의 경망스런 행동을 비난하면서 나누는 대화 속에서 그런 태도를 찾아볼 수 있다.

翁自外來阻, 曰 : "今日之事, 未知如何決定而何急遽乃爾? 來日無窮, 漫漫商量, 甚合事禮. 君子獨歸, 無復躁妄!" 鰥忿然曰 : "翁言差矣! 六國當世, 合從盟約, 猶以一言決之, 今日鰥寡合從, 是胡等大事, 刻却宛議, 吐去歃血, 更尋漫漫商量, 拖過這無窮之來日? 翁何瞞弄我至此? 翁前云吾無關涉, 君自量行, 今其去就, 何復主張? 且吾將吾人, 不能自由, 一聽於翁, 可乎?" 翁冷笑曰 : "誰是君家人?" 鰥怒, 髮欲竪, 推寡背而迫前, 暗將些小利害較, 欲作魔障好因緣, 此輩男女, 天殺地殺, 如復攔住, 當判死生. 提拳大步, 傍若無人. 翁是村蠢, 恐有不好勢頭, 忍不回話. 聽其携去, 腸雖輪困, 亦無奈何.

노인이 밖에서 들어와서 제지하며 말하기를, "오늘의 일은 어떻게 결정하였길래, 어째서 급히 서둘러대는지 잘 알지 못하겠소. 앞으로 다가올 날은 무궁하니 천천히 헤아려 보는 것이 일의 법도에 매우 합당할 것이오! 군자께서는 혼자 돌아가 다시는 망령되이 굴지 마시요!"라고 하였다. 홀아비는 화가 치밀어 대꾸하기를, "노인의 말씀은 틀렸습니다! 6국이 세상을 떠들썩하게 하였을 때에 합종의 맹약도 오히려 말 한마디로 결정났거늘, 오늘 홀아비와 과부의 합종이 무슨 큰일이라서 완곡한 의논을 저버리며 歃血을 토해내고, 또다시 천천히 상의하며 이 무궁한 앞날을 질질 끌 수 있겠소이까? 노인께서는 어찌하여 나를 기만하고 희롱하는 게 이 지경에까지 이르렀는가요? 노인께서는 이전에 말씀하시기를, '나는 간섭할 일이 없으니 당신이 알아서 헤아려 행할 것이다.'라고 한 적이 있었는데, 그런데 지금 그 거취에 대해 어째서 다시 주장하십니까? 또한 내가 내 사람을 거느리고도 내 마음대로 하지 못하고, 오히려 노인한테서 말씀을 계속 듣는 것이 옳겠습니까?"라고 하였다. 노인이 냉소하며 말하기를, "누가 당신의 집사람인가?"라고 하였다. 홀아비는 화가 치밀어 머리카락이 쭈뼛 서는 것 같았지만, 과부의 등을 떠밀어 억지로 앞으로 나서게 하였다. "몰래 몇 가지 작은 利害를 가지고 견주다가 좋은 인연에 마장을 만들고 싶었던 것이리라. 이들 남녀는 하늘과 땅이 알아서 엄단할 것이니, 만약에 다시 일을 막아서면 단연히 사생결단 내릴 것이리다!"라고 생각하면서, 주먹을 치켜들고 큰 걸음으로 걷는데 방약무인의 꼴이었다. 그 노인은 어리석은 시골 노인이라서, 불미스런 상황이 생겨날까 두려워 차마 말꼬리를 돌리지도 못하였다. 다만 그들이 손잡고 돌아가는 소리를 듣고 있으려니, 창자가 휘감기듯 아팠지만, 또한 어찌할 도리가 없었다.

이렇게 저지하는 노인의 태도는 비교적 소극적이며 설득력이 적은 편이라서 홀아비의 의지를 바꿀 수가 없었다. 오히려 뒤이어 계속되는 홀아비의 행동은 더 적극적이고 반동적으로 변화되어, 마침내 과부와 함께 제 집에 들어와서는 서로 이것저것 얘기를 하고 운우지정을 나누면서 하룻밤을 지내는 지경에 이르렀다. 그러한 홀아비의 방약무인할 정도의 당당한 결심과 실행은 한층 고조된 자신의 욕구 충족의 완성단계에서 결코 포기되거나 약화될 수 없는 상황이었던 것이다.

그러나 홀아비가 과부의 혼절로 급히 의원을 찾아 나서던 밤길에 만나게 된 호랑이는 홀아비의 허세와 욕망을 책망하고 더 이상의 어떤 언동도 표현할 수 없게 만든 절대적인 권위자로 등장한 반대세력의 역할을 하였다. 뜻하지 않게 갑자기 만난 호랑이 앞에 서있는 홀아비는 그 하루 전에 '鰥寡結緣'의 당연함을 내세우며 과부를 설득하였던 강력한 언변과 기운 넘친 모습에서 완연히 혼비백산의 지경이 되어 공포에 질린 신세로 바뀌게 되었던 것이다. 호랑이가 호통치며 질책하는 기세에 정신없이 도망치는 홀아비의 거동을 보면, 노인의 말을 전혀 귀담으려 하지 않았던 이전의 모습과는 매우 대조적으로 표현되어서 흥미 넘치는 장면의 변화를 느낄 수 있다.

> 有如山之大虎, 紋彪炳而班班, 忽起身而人語. "爾淫傖! 其靜聽! 爾誘寡而酣暢, 敢肆言而無忌, 雖天威無嚴, 豈虎咆之可怕, 此何之說話, 搖唇舌於醜場? 天震怒而命我嚼爾於此地! 爾果不知怕乎?" 遂咆哮而向前. 鰥神魂飛越, 拌命急逃, 跌一足而倒落, 千丈之壁如削. 大叫一聲而驚覺, 乃辰時之夢幻也.

> 산처럼 큰 호랑이가 얼룩덜룩하고 광채가 나는데 갑자기 벌떡 일어나 사람처럼 말하는 것이었다. "네 이놈! 음탕한 녀석아! 조용히 들어봐라! 네가 과부를 꾀어다가 한참 통정할 적에 감히 방자하게도 거리낌 없이

> 말하길, '내 비록 하늘의 위엄이라도 두려울 것이 없으니, 호랑이가 으르렁거린들 어찌 가히 두렵겠는가'라고 하였는데, 이것이 무슨 말이기에 추한 곳에서 혀를 놀렸는고? 하늘이 진노하여 나에게 명령하기를, 여기에서 네 놈을 잡아먹으라고 하셨다! 네 과연 무섭지 않느냐?"라고 하더니, 으르렁거리며 앞으로 달려드는 것이었다. 홀아비는 혼비백산의 지경이 되어 안간힘을 다하여 급히 달아나려다가 그만 한쪽 발을 헛디뎌 거꾸로 떨어졌는데 천 길이나 되는 가파른 절벽이었다. 큰 소리로 외마디 소리 지르다가 깜짝 놀라 깨어났더니, 그것은 바로 辰時의 夢幻이었던 것이다.

위에서 살펴본 것처럼, 호랑이는 天神의 명령을 받들고 무엄하게 과부를 유혹한 홀아비를 질책할 수 있는 위엄스런 존재자로 출현하여, 홀아비의 음란하고 경망했던 행동과 허세로 가득 찬 언동을 질책하는 권위를 발휘하였다. 결국 호랑이는 홀아비의 욕망과 소망을 완전히 소멸시킬 수 있었던 강력한 세력의 등장인물로 표현된 것이다. 작자는 이렇게 호랑이의 출현 장면을 각몽의 계기로 설정함으로써 작품의 대전환을 이루어 일장춘몽과 같은 몽중 체험에서부터 각몽의 현실세계로 다시 되돌아오게 하는 표현 수법을 잘 보여주었다고 하겠다.

다섯째, 작품 끝부분의 "大叫一聲而驚覺, 乃辰時之夢幻也."는 몽중체험의 완결과 각몽의 현실로 복귀되는 순간을 구분하고 있는 내용으로, 작자는 주인공이 몽중 속에서 겪었던 체험을 일장춘몽의 경지로 유도하는 과정을 단적으로 표현하였다. 중국의 대표적인 몽환소설로 알려진 「枕中記」에서는 각몽되는 상황을 입몽 이전에 막 익히고 있었던 기장이 아직도 익지 않았다고 묘사하였고,[6] 「南柯太守傳」에서는 입몽하기 전 서산에 기울던 해가 아직 기울지도 않았고 동편 창가에서 마시던 술이 술잔에

---

6) 「枕中記」에서는 "盧生欠伸而悟, 見其身方偃於邸舍, 呂翁坐其傍, 主人蒸黍未熟, 觸類如故. 生蹶然而興, 曰豈其夢寐也?"라고 표현하였다(『唐人小說校釋』(上), 臺北 : 正中書局, 25쪽).

남아 있다고 할 정도로 몽유 이전에 벌어졌던 상황을 지속적인 것으로 유지시켜 놓았다.[7] 이것은 주인공이 몽중에서의 긴 시간을 통해 인간이 염원하는 부귀영화의 달성과 그런 체험을 순간적인 허망한 것으로 인식시키는 표현 장치라고 할 수 있다. 그런데 『鰥夢寡記』에서는 위의 두 편의 소설과는 달리 단순히 辰時의 夢幻이라 하여, 그 전날 낮잠 시간에서부터 다음날 辰時에 이르는 짤막한 시간 속에서 이루어졌던 몽유활동을 결속시키고 있을 뿐, 특별히 변화된 상황이 지속되고 있었음을 드러내지 않았다.

이상과 같은 다섯 가지 상황을 통하여, 주인공 홀아비가 몽중세계에서 체험한 과부와의 결연사건 속에 표현된 중요한 내용을 파악해 보았다.

3) 覺夢後의 現實

본 단계에서는 주인공인 홀아비가 하루 전날 꿈속에서 이웃 과부와 결연사건을 펼치다가, 그 이튿날 辰時(오전 7시~9시)에 잠에서 깨어나 현실생활로 돌아왔을 때 느꼈던 몽중체험에 대한 허탈감을 기몽헌 주인에게 진술하고, 그에게서 꿈에 대한 새로운 해석과 논평을 듣게 되는 상황을 중점적으로 기술하고 있다. 내용전개에 있어서 기몽헌 주인의 설법은 주인공의 몽중체험에 대한 허무를 인식하게 하여서, 일반적으로 사람들이 갖는 현실에 대한 애착 혹은 부귀공명에 대한 염원이 허망된 것임을 일깨워 주고 있다.

이 부분을 내용상 세 부분으로 나눠 분석해 보면, 『鰥夢寡記』가 지닌

---

7) 「南柯太守傳」에서는 "見家之童僕擁篲於庭, 二客濯足於榻, 斜日未隱於西垣, 餘樽尙湛於東牖. 夢中倏忽, 若度一世矣."라고 표현하였다(위의 책(下), 177쪽).

각몽 부분의 서술상 특징을 찾아 볼 수 있다.

그 첫째 부분은 "鰥睜睫初開, 迷魂漸醒……怊悵嗟惜, 亦難定情."에 해당된다. 여기에서는 홀아비가 辰時의 꿈에서 막 깨어나 몽중의 상황을 다시 헤아려 보는 장면을 표현하고 있다. 이것은 각몽 직후의 현실적인 의식 상태에 해당된다. 홀아비는 그런 몽중체험이 현실세계에서 일찍이 경험하였던 사실처럼 완연히 전개되어서 조금도 환상적인 지경으로 생각할 수 없었다. 그래서 꿈에서 막 깨어났을 때, 꿈속의 그런 체험을 현실적인 사실로 인정하고 싶은 욕망을 쉽사리 떨쳐낼 수 없는 심경이었기 때문에 그것을 더욱 아쉬워하고 허탄하게 느꼈던 것이다. 그러한 심경은 바로 각몽 직후의 후유상태에 해당된다고 할 수 있다.

그 둘째 부분은 "遂謁寄夢軒主人而逑其夢甚詳……又爾我之夢說, 亦知夢也."에 해당된다. 이 부분에서는 홀아비가 기몽헌 주인을 찾아가 몽중체험을 진술하고 그에게서 夢中之夢・萬事皆夢에 대한 담론을 듣게 되는 내용을 기술하고 있다. 여기에서 특별히 살펴보아야 할 점은 기몽헌 주인의 꿈에 대한 관점과 논평이다. 기몽헌 주인은 현실적인 삶조차도 꿈으로 인식하고 있는 관점에서 출발하여, 홀아비가 꿈속에서 과부와 결연한 사건에 대해 한마디로 "居夢思夢, 以夢說夢, 是夢中之夢, 尙在未覺."이라고 언급하였다. 그런 뒤에 홀아비가 일장춘몽의 허무감을 깨닫도록 하는 설변을 장황하게 늘어놓고 있다.

기몽헌 주인이 진술한 '天下一夢'에 관한 해석은 다음과 같은 관점에 근거한 것으로, 자못 철학적인 사고를 열변하는 것 같은 인상을 주고 있다.

> 凡人形開則覺而爲事之實, 魂交則寐而爲夢之虛. 一刻之覺夢, 一形之開闔, 一形之開闔, 一性之往來. 一往一來, 死生是幻, 一死一生, 終始是夢. 覺不爲覺, 實不爲實, 物不爲物, 我不爲我, 擧世皆寐, 天下一夢.

> 무릇 사람은 형상이 열리면 깨어나서 일의 실제를 이루고, 혼령이 합치면 잠들어 꿈의 허상을 이루게 됩니다. 一刻의 覺과 夢은 한 몸체의 開闔인 것이며, 한 몸체의 개합은 한 성품의 왕래이지요. 한번 와서 한번 가게 되니 죽음과 삶이 환상인 것이고, 한번 죽고 한번 살게 되니 시종 꿈인 것이지요. 그리하여 覺은 覺이 되지 않으며, 實은 實이 되지 않으며, 物은 物이 되지 않으며, 나는 내 자신이 되지 못하므로, 모든 세상은 잠결 같은 것이고 천하는 하나같이 꿈과 같은 것입니다.

기몽헌 주인은 위와 같은 관점을 진술한 후에, 소위 「萬夢歌」 45句를 장황스럽게 열거하여 각 계층의 직분에 따른 희망과 욕망, 모든 사물이 추구하고 구비하고 있는 속성·형상·정황 등을 모두 꿈으로 파악하여 결국 인간사회에서 존재하고 전개되는 '人'과 '事' 일체의 것을 '萬事皆夢'의 차원으로 인식하고 이를 해석하였다. 「萬夢歌」에 해당된 내용을 전부 인용해 보면 다음과 같다.

> 袞冕繡裳, 垂拱平章, 帝王之夢也. 玉帛朝覲, 守彊述職, 諸侯之夢也.
> 燮理二氣, 贊襄万機, 宰相之夢也. 坐鎭一方, 宣化黜陟, 方伯之夢也.
> 撫字黎庶, 勸課農桑, 守令之夢也. 運籌決勝, 攻城略地, 將帥之夢也.
> 衝冒鋒鏑, 踏水火, 士卒之夢也. 專對傳情, 內熱飮氷, 使价之夢也.
> 一邱一岩, 守淡樂道, 隱逸之夢也. 辭鋒縱橫, 口如懸河, 辯士之夢也.
> 釖筑慷慨, 輕生重義, 俠烈之夢也. 扶犁把鋤, 深耕易耨, 農夫之夢也.
> 貿遷有無, 逐末爭利, 商賈之夢也. 巧制精造, 殫技利用, 工匠之夢也.
> 變幻仙鬼, 迷眩視聽, 技戲之夢也. 嫖賭沈湎, 浮浪破落, 蕩子之夢也.
> 艷冶嬌裊, 歌舞吹彈, 妓姬之夢也. 沿路呼號, 望門包怜, 丐兒之夢也.
> 曰仁曰義, 說性說理, 儒家之夢也. 修練葆眞, 蟬蛻滓濁, 仙家之夢也.
> 幻現輪廻, 不生不滅, 釋家之夢也. 星相堪輿, 醫筮算數, 術家之夢也.
> 宗廟社稷, 城郭市朝, 都會之夢也. 揖讓進退, 威儀三千, 禮之夢也.
> 五聲八音, 陽律陰呂, 樂之夢也. 威鳳慈麟, 靈芝甘露, 祥瑞之夢也.

提要鉤玄, 英萃燦發, 文章之夢也. 九府泉刀, 太倉紅陳, 錢穀之夢也.
錦繡綺羅, 氷綃霧縠, 衣服之夢也. 九穀膏腴, 五味調和, 飮食之夢也.
山珍海錯, 佳釀美醞, 享宴之夢也. 博奕樗蒲, 輸贏百萬, 賭技之夢也.
玉籤錦帙, 繪寫後素, 書畫之夢也. 翠輦金輿, 驥騏駃騠, 乘御之夢也.
宮殿樓閣, 臺榭觀亭, 居處之夢也. 風雲月露, 暮朝異觀, 景致之夢也.
煙霞泉石, 洞天福地, 幽勝之夢也. 花卉禽魚, 園池淸邃, 遊賞之夢也.
高山大海, 衍原曠野, 騁矚之夢也. 高牙大纛, 列鼎重茵, 富貴之夢也.
被褐啖菜, 飢寒倦辱, 貧賤之夢也. 殘燈空床, 孤苦凄涼, 怨曠之夢也.
械縲殘命, 刀斧餘魂, 刑辟之夢也. 宛轉呻吟, 藥餌將養, 疾病之夢也.
珠襦玉匣, 萬人祖送, 營葬之夢也.

곤룡포·면류관·수놓은 훌륭한 의상으로 차려입고서 태평성대를 노래하며 백성을 공평하게 잘 다스리려는 것은 제왕의 꿈입니다. 옥과 비단으로 치장하고 조정에 나아가 천자를 배알하고 영토를 수호하고 자신의 소임을 천자께 아뢰려는 것은 제후의 꿈입니다. 음양의 두 기운을 잘 다스리고 정치의 중요한 기틀을 마련하여 군왕의 치적을 쌓으려는 것은 재상의 꿈입니다. 한 지방에서 민심을 안정시키고 덕화를 펼치며 간교한 사람을 몰아내고 인재를 등용하려는 것은 관찰사의 꿈입니다. 백성을 사랑하며 어루만지고 농사짓기와 누에치기를 할당하고 권장하려는 것은 수령의 꿈입니다. 계략을 잘 써서 승리로 이끌고 성곽을 공략하여 영토를 확장하려는 것은 장수의 꿈입니다. 날카로운 무기를 휘두르고 적진에 나아가 위험을 무릅쓰려는 것은 병졸의 꿈입니다. 오로지 대면하여 정황을 전달하고 속이 타서 얼음을 먹으려는 것은 사령의 꿈입니다. 구릉 한편이나 골짜기 한편에서 담박함을 지키며 수도하려는 것은 은둔자의 꿈입니다. 언변이 창끝처럼 날카롭게 종횡하고 입으로 유창하게 담론하려는 것은 변론가의 꿈입니다. 비분강개하여 생명도 가볍게 여기고 의리를 중대하게 여기려는 것은 의협심 있는 열사의 꿈입니다. 얼룩소를 끌고서 논밭을 갈고, 김을 매면서 부지런히 농사짓고자 하는 것은 농부의 꿈입니다. 물품의 있고 없음을 헤아려 거래하며 손익을 따지려는 것은 상인의 꿈입니다. 정교하게 제조하고 재주를 다 부려 유용하게 하려는 것은 장인의 꿈입니다. 신선과 귀신으로 갑자기 출몰하여 변화를 부리기도 하고, 보고 듣는 것을 현란하게 하려는 것은 기예를 지닌 배우의 꿈입니다. 음탕하게 놀아대고 도박하고 술에 빠져 있고 부랑자처럼 떠돌다가 몰락하게 되는 것은 방탕자의 꿈입니다. 농염한 치장을 하고서 아름답게 가무를 펼치고 악기를 연주하려는 것은 기생의 꿈입니다. 길가에서 사람을 불러대고 대문을 쳐다보며 동정을 구하려는 것은 걸인의 꿈입니다. 인의를 담론하며 성정을 설론하려는 것은 儒家의 꿈입니다. 수련하여 참됨을 간직하여 혼탁함을 허물 버리듯 하려는 것은 仙家의 꿈입니다. 虛幻한 윤회를 논하고 불생불멸을 설파하려는 것은 釋迦의 꿈입니다. 별자리·관상·풍수·의술·점술·산법을 잘 헤아리려는 것은 術家의 꿈입니다. 종묘사직·성곽·사람이 운집하는 곳을 잘 정비하려는 것은 도시의 꿈입니다. 읍양진퇴의 법도를 중시하고 위엄스런 수많은 거동을 가르치려는 것은 예법의 꿈입니다. 五聲과 八音을 맞추고 陽律과 陰呂를 조화시키려고 하는 것은 음악의 꿈입니다. 위엄 넘치는 봉황과 자비스런 기린, 영지와 감로의 출현을 기대하는 것은 상서로움의 꿈입니다. 요점을 이끌어내고 현묘한 이치를 찾아내어 훌륭한 글이 환하게 펼쳐지게 하려는 것은 문장의 꿈입니다. 九府의 곳집에 재물이 가득 쌓이고 官府의 곳집에 재정을 넉넉하게 하려는 것은 재물의 꿈입니다. 비단에 놓은 고운 수와 무늬 있는 비단, 시원스런 생사와 안개처럼 가벼운 비단으로 치장하게 하려는 것은 의복의 꿈입니다. 아홉 가지 곡식이 기름지고 다섯 가지 맛이 조화를 이루려는 것은 음식의 꿈입니다. 산해진미가 마련되고 맛좋게 빚은 술이 차려지는 것은 잔치의 꿈입니다. 장기·바둑·주사위 따위로 놀이하며 승부를 백만 가지로 하려는 것은 놀음의 꿈입니다. 옥으로 만든 꼬챙이와 비단으로 된 화첩을 마련하여 그림을 그리고 글씨를 쓰는 것은 서화의 꿈입니다. 비취 장식의 가마·금으로 치장된 수레를 장만하고 준마로 내달리기를 하려는 것은 수레꾼의 꿈입니다. 궁전·누각·망루·정자를 조성하려는 것은 처소의 꿈입니다. 바람·구름·달·이슬로 아침과 저녁의 풍광을 특별하게 만들려는 것은 경치의 꿈입니다. 안개·노을·맑은 샘물·암석들이 어우러지고, 하늘에 맞닿아 있는 신선이 사는 곳을 이루려는 것은 그윽한 풍광의 꿈입니다. 꽃·새·물고기로 동산과 연못이 청아하고 그윽하기를 갖추려는 것은 遊賞의 꿈입니다. 높은 산과 넓은 바다, 비옥한 광야로 내달리려는 것은 질주의 꿈입니다. 장군의 본영에 깃발을 세우고 솥을 늘어놓고 수레의 깔개를 두텁게 하려는 것은 부귀의 꿈입니다. 베옷을 입고 채소를 먹으며 굶주리고 추위에 떨면서 욕을 보게 하는 것은 빈천의 꿈입니다. 가물거리는 등불을 켜고 허전한 침상에 누워 괴롭고 처량한 신세를 한탄하는 것은 혼자 사는 사람의 꿈입니다. 형틀 앞에 놓인 쇠잔한 목숨, 칼과 도끼로 넋 나간 혼백을 만드는 것은 형벌의 꿈입니다. 이리저리 뒹굴며 신음하고 약으로 연명하도록 하는 것은 질병의 꿈입니다. 옥갑에 수의를 지어놓고 만인이 거리제를 지내며 마지막 영결을 하게 하는 것은 원혼을 장사지내는 꿈입니다.

위와 같이 기몽헌 주인은 몽경의 차원과 특성이 수백 가지로 각기 다른 양상을 지녔을지라도, 그 모든 것 역시 한결같이 한때를 스쳐 지나가는 꿈에 속하고, 또한 모든 것들은 꿈을 꾸고 있고 꿈의 상태에 놓여있다고 여겼다. 그리하여 기몽헌 주인의 '萬事皆夢'에 대한 견해는 다음과 같은 관점으로 종결되었던 것이다.

▶治亂安危, 興亡盛衰, 家國之夢無定, 壽夭榮悴, 得失毁譽, 一身之夢不齊, 隱羞讓辨, 喜怒哀樂, 性情之夢各殊, 而其爲夢則一也.(治亂安危·興亡盛衰의 형세는 한 집안과 나라가 추구하는 꿈이 일정하지 않아서이며, 壽夭榮悴·得失毁譽는 한 인간이 누리는 복록의 꿈이 같지 않아서이며, 隱羞讓辨·喜怒哀樂은 인간이 지닌 성정의 꿈이 각각 달라서이다. 그러나 그 모든 것이 허망한 꿈으로 귀결됨은 한결같다.)

▶先我而夢, 爲古之夢, 并我而夢, 爲今之夢, 古今之夢, 不同而其爲夢則一也.(나보다 앞서서 꿈을 꾸면 옛 꿈이 되는 것이며, 나와 함께 하여 꿈을 꾸면 현재의 꿈이 된다. 옛 꿈과 현재의 꿈은 다르지만, 그것들

이 꿈이 됨은 한결같다. 즉, 과거와 현재의 꿈이 비록 다른 시간 속에서 이뤄진 것이나, 그 역시 꿈이 되는 것은 동일한 셈이다.)

▶今日之夢, 非昨日之夢, 人之夢, 異我之夢, 而其爲夢則一也.(오늘의 꿈이 어제의 꿈이 아니며, 타인의 꿈이 나의 꿈과는 다르다. 그러나 그것들이 꿈이 됨은 한결같다.)

▶夢中覺夢, 未可以爲覺, 覺與不覺, 均爲一夢也, 何夢是幻, 何夢是眞, 何夢是短, 何夢是長?(꿈속에서 覺夢하는 것을 覺이라 할 수 없으니, 覺과 不覺은 모두 하나의 꿈으로 볼 수 있다. 그러므로 어떤 꿈이 환상이고 어떤 꿈이 진실이며, 또한 어떤 꿈이 짧은 것이고 어떤 꿈이 긴 것인가를 논할 것이 못된다.)

▶世如夢而我不知其夢, 夢如世而我不知其夢, 世已有我? 夢亦有我? 我知有我, 夢常非夢.(세상이 꿈과 같아서 나는 그 꿈을 알지 못하고, 또한 꿈이 세상과 같아서 나는 그 꿈을 알지 못하니, 세상 속에 이미 내가 있는 것인가? 꿈속에 또한 내가 있는 것인가? 그러나 내 안에 내가 있음을 알고 있으므로, 꿈은 항상 꿈이 아닌 것이다.)

▶夢而不知覺, 故不以夢爲幻, 覺而不知夢, 故不以覺爲眞.(꿈을 꾸면서도 깨어날 줄 모르므로 꿈으로써 환상이라 여기지 못하며, 깨어났으면서도 꿈을 알지 못하므로 그 覺으로써 참된 것이라고 하지 못할 것이다.)

▶惟大覺然後, 能知世是夢, 知夢是幻, 知物非物, 知我非我也.(오직 크게 깨달은 연후에야 능히 세상이 꿈이라는 것을 알 수 있으며, 꿈이 환상임을 알 수 있으며, 物이 物 아님을 알 수 있으며, 나 또한 내가 아님을 알 수 있게 된다.)

위와 같이 기몽헌 주인은 모든 사람들이 '天下一夢'·'萬事皆夢'의 삶 속에서 살고 있음을 인정하면서도, 한편으로는 인간이 도달할 수 있는 大覺의 경지가 있음을 시사하였다. 세상 사람들이 꿈의 허무함 속에 나약하게 머물지 말고 꿈의 속성을 제대로 인식하여 세상과 사물을 새롭게 관조하는 진정한 삶이 되기를 은근히 기대하였다.

기몽헌 주인은 위와 같은 몽론을 진술한 뒤에 또다시 홀아비에게 "非徒爾之問我, 是夢, 我謂爾夢, 亦夢也. 以夢問夢, 以夢對夢, 是又爾我之夢"(자네가 나한테 질문한 것이 비단 꿈일 뿐만 아니라, 내가 자네에게 꿈에 대해 얘기해 주는 것도 또한 꿈인 것이다. 꿈으로써 꿈을 묻고 꿈으로써 꿈에 대해 답변하니, 이 또한 자네와 나의 꿈인 것이다.)라고 결론적인 몽론을 진술하여, 夢中之夢에 대해 아쉬운 감정을 지닐 필요 없음을 재차 강조하였다.

이처럼 기몽헌 주인은 자신의 몽론을 통하여 듣는(읽는) 사람으로 하여금 '夢'과 '覺'의 경계를 제대로 이해하도록 논리적으로 설명하고자 하였다. 홀아비의 몽중체험에 속한 사건 전개는 기몽헌 주인의 몽론을 가장 쉽게 이해할 수 있도록, 혹은 몽론을 설득력 있게 설명해 주기 위해서 마련된 실증적인 체험담으로서, 또는 몽론의 부속적 차원으로서 파악해도 무난하다고 본다. 다시 말해서, 홀아비의 몽중체험과 기몽헌 주인의 몽론은 각기 독립된 내용으로 독립시킬 수 있는 구조를 지녔으면서도, 본 소설의 주제와 밀접한 몽론은 독자의 이해를 높일 수 있는 해설적 진술로서도 큰 의미를 갖는다고 할 것이다. 따라서 본 작품은 기존의 몽환소설에 비하여 독특한 서사구조와 내용을 갖추었다고 하겠다.

각몽 이후 부분의 셋째 단락은 본 작품의 맨 마지막 부분으로, "錄萬古之夢而使夢能壽且久於夢中者……遂略述其夢之槪而終以夢說云爾."에 해당된다. 이 단락에서는 기몽헌 주인이 '萬事皆夢'에 해당된 자신의 몽론을 홀아비에게 자세히 들려준 뒤에, 그런 꿈결 같은 세상에서 가장 오래도록 전해질 수 있는 것은 문장이라고 지적하고서 홀아비가 술회한 夢中之事를 기록하여 『鰥夢寡記』를 완성하였음을 밝히고 있다. 작자는 이와 같은 成書 과정에 관한 사항을 본 작품의 최종 부분에 첨가적으로 기록하여서, 몽중 사건들이 항간에서 떠도는 풍문이나 가설적인 내용이 아닌, 어떤 홀아비 처지의 중년 남자가 겪은 실제적인 체험담임을 나타내고자 하였다. 아울러 『鰥夢寡記』는 홀아비의 몽중 체험담을 직접 청취한 기몽헌 주인이 그 내용 경개를 기록하면서 자신의 몽론을 곁들여 편찬했음을 진술하고 있다.

일반적으로 꿈을 소재로 한 몽환소설의 작자들은 입몽 이전의 주인공을 몽중세계에 진입시켜 몽중에서 자신이 현실세계에서 잠재적 혹은 의식적으로 추구하고 갈망하던 부귀공명을 실현한다든가, 이상형의 반려자를 만나서 행복하게 지내거나, 혹은 이상적인 정치 풍토를 조성한다든가 하는 등의 다채로운 상황·사실들을 실제 상황처럼 체험하게 만들었다가 어느 순간에 현실의 시·공간으로 복귀시켜서, 자신이 지녔던 그런 욕망과 염원이 정말로 꿈결처럼 허무하다는 재인식의 차원으로써 참신한 각성의 단계로 접어들게 하였다. 다시 말하면, 몽환소설의 작자는 작품 중에 사람들이 열망하는 수많은 사항들을 꿈의 상태로 몰입시켜 이상적인 상황과 사건의 과정을 적극적으로 전개하여 몽중 주인공으로 하여금 그에 수반되는 환희·성취·실망·좌절 등의 상황을 생생하게 경험시킴으로써, 그로 하여금 각몽 이후 변화된 자신의 내면의식을 통하여 인생의 의미와 가치를 재인식하게도 하고, 새로운 인식전환에 의하여 주변의 상황과 사물에 대하여 더욱 진지한 인식을 하도록 하였다. 그것은 대체로 몽환소설의 편찬 동기를 이루기도 하고, 심오한 주제의식으로 반영되기도 하는 것들이었다.

그런데 『鰥夢寡記』의 각몽 부분에서는 다른 몽환소설과는 색다르게 주인공 자신의 술회를 별개의 話者(작자 자신) 구술을 통해 '覺'과 '夢'의 심오한 의미를 논리적으로 서술하고 주인공의 몽중체험에 대하여 철학성 풍부한 몽론으로 전개시켰다. 그리하여 몽중세계의 내용을 예증적·부록적 차원으로 파악할 수 있도록 하였으며, 각몽 부분에서 작품의 주제와 작자의 사상을 명백하게 표현하는 서술구조를 지니게 하였다. 또한, 본 작품의 각몽 부분이 전체분량 중에서 약 2할(52면 3행~62면 5행)을 차지할 정도로 많은 담론을 담고 있는데, 이런 면모도 『鰥夢寡記』의 독특한 표현양상이라고 평가할 수 있겠다.

3. 表現手法

『鰥夢寡記』의 작자가 몽환을 소재로 한 사건을 전개하는 데에 운용하였던 표현상의 수법은 비교적 다양한 편이다. 다음과 같은 몇 가지 사실을 통하여 그 특별한 면모를 찾아낼 수 있다.

첫째, 본 소설의 내용은 입몽 이전을 제외한 거의 모든 부분에서 대화체로 점철시켜 표현하고 있다. 이미 위에서 살펴보았듯이, 몽중세계로 진입한 부분에서 홀아비·과부·이웃노인·호랑이 등 등장인물 사이에 이뤄지는 대화라든지, 꿈에서 깨어난 후 기몽헌 주인의 몽론에서 유도되는 대화 내용은 본 작품 중에서 가장 중요한 사건 및 상황의 흐름을 구성하고 있다. 대화 위주의 내용 전개는 작품의 분량상 대부분을 차지하고 있다 해도 과언이 아닐 정도이다.

둘째, 수많은 대화 내용 속에는 열거적인 표현이 자주 등장하였다. 특히 과부가 궁금하게 여긴 홀아비의 신상에 관한 물음 중에서 선대의 가세와 자신의 활동상·심성에 대한 답변 내용, 홀아비가 과부에게 술잔을 건네줄 때 읊조리듯 늘어놓은 소위 「勸酒歌」의 내용, 기몽헌 주인의 몽론 부분 등에서 쉽게 찾아 볼 수 있다. 勸酒歌格의 내용을 그 실례로서 인용해 보면, 다음과 같다.

我有一言，寡氏試聽! 古人情，酒盃寬，生前死後，一般看. 然故，上帝不辭下界盃，君王不辭臣僚盃，祖父不辭子孫盃，先生不辭弟子盃，老人不辭少年盃，主人不辭賓客盃，兩班不辭常沃盃，官長不辭妓生盃，吏胥不辭村民盃，閒良不辭酒媼盃，賢妻不辭良夫盃，寡婦不辭鰥夫盃. 寡氏畢竟不把此盃則，噫! 我鰥夫將擧何顔，出此柴扉?

내 한마디 할 것이니, 과부는 잘 들어 보시요! 萬古의 인정에 술잔이 관대하기란 내 태어나기 전이나 내 죽은 후에도 한결같을 것이로다. 그런 연고로 옥황상제는 세상 사람의 술잔을 사양하지 않고, 군왕은 신하의 술잔을 사양하지 않고, 조부는 자손의 술잔을 사양하지 않고, 스승은 제자의 술잔을 사양하지 않고, 노인은 젊은이의 술잔을 사양하지 않고, 주인은 손님의 술잔을 사양하지 않고, 양반은 평민의 술잔을 사양하지 않고, 관아의 높은 분은 기생의 술잔을 사양하지 않고, 관리는 촌민의 술잔을 사양하지 않고, 한량은 주모의 술잔을 사양하지 않고, 어진 아내는 지아비의 술잔을 사양하지 않고, 과부는 홀아비의 술잔을 사양하지 않는다오. 당신이 이 술잔을 끝까지 들지 않는다면, 아! 내 이 홀아비는 장차 무슨 낯을 들고 이 사립문을 나서겠소?

위 장면은 홀아비가 "萬古人情, 酒盃寬"의 실상을 설명하면서 과부에게 술잔을 억지로 잡아들게 하는 강변을 나타낸 부분으로, 작자는 동일한 造語法을 지닌 내용으로써 열거법의 수사기교를 운용하고 있다. 장황한 열거로 이뤄졌어도, 홀아비의 발상이 새삼 흥미롭게 보인다.

또한, 홀아비의 활동상과 심성을 묻는 과부의 질문에 아무런 거리낌 없이 닥치는 대로 어떤 일이든지 한다하고, 마음먹은 대로 심성을 부리며 술 마시는 일도 어느 누구 부럽지 않게 마실 수 있다고 답변하는 장면에서도 열거법을 볼 수 있다. 이를 인용해 보면 아래와 같다.

業? 業? 業何有常? 當文則文, 當武則武, 當農則農, 當工商則工商, 當賭博則賭博. 持心亦然, 當善則善, 當惡則惡, 當貪則貪, 當廉則廉, 當勤則勤, 當惰則惰. 惟酒一款, 心不能以自主, 直欲與爾同死生, 古之劉伶・畢卓・李太白・賀知章輩, 吾視如後生也.

일? 일이요? 일에 뭐 항상 하는 것이 있겠소? 문장을 하라면 문장을 하는 것이고, 군대 일을 하라면 군대 일을 하고, 농사일을 당하면 농사일을 하고, 공상 일을 하게 되면 공상 일을 하고, 노름을 하게 되면 노름을 하는 것이지요. 마음 씀씀이도 또한 그러하니, 착한 일을 하게 되면 착한 일을 하고, 나쁜 일을 당하게 되면 나쁜 일도 하고, 욕심낼 일을 당하면 욕심을 부릴 것이고, 청렴할 일을 당하면 청렴하게 지내고, 열심히 일해야 하면 열심히 일을 하는 것이고, 게으름 부릴 일을 당하면 게으름 피울 것이지요. 그런데 술 마시는 일에 있어서는 내 마음으로도 어찌할 수 없고, 다만 이것과 생사를 같이 하고 싶을 정도입니다. 옛날에 劉伶・畢卓・李太白・賀知章 같은 분들을 나는 후배처럼 여기는 편이지요.

위 장면에서도 동일한 造語法으로써 홀아비의 신상과 습성을 즐비하게 열거하고 있는데, 이렇게 거침없이 토로하는 어조 속에서 홀아비의 위풍당당한 모습과 호탕하게 살아온 생활상을 알 수 있겠다.

셋째, 작자는 대화의 수법을 통하여 등장인물의 성격과 처지를 잘 드러내고 있으면서도, 한편으로는 등장인물의 형상이나 동작, 상황 설명에서 간결한 서사적 기술로써도 생동감 넘친 묘사를 하였다. 특히 홀아비의 취기에 가득 찬 모습, 과부에게 억지로 술을 권하는 장면, 과부와 첫날밤을 보내는 사건 등은『鰥夢寡記』중에서도 대표적인 흥미로운 내용을 이루고 있다. 그중에서 홀아비의 취기를 표현한 모습은 매우 사실적이고 현장감 있게 묘사되었다.

行行前村, 入此家而一盃, 又彼家而一盃, 一盃一盃, 不能成醉. 拉張三而連倒, 挽李四而數巡. 慣面之少媼, 强勸人情之酌, 知心之長者, 優分春風之觴. 飮籌旣多, 枵腹果然, 紅潮漲面. 愚氣衝天, 大呼小喝, 虛唾亂作. 一步高一步低, 平地忽然崎嶇, 自口問自口答, 白晝如逢魍魎. 頭指東而脚西, 家在邇而路遙. 言當恭則聲微難聞, 人忤則目瞪直視, 或罵或詬, 似狂似癡, 平日記存于心者, 托醉披露, 又復非假非眞.

홀아비는 앞마을 쪽으로 걸어가면서 이 집에 들어가서 한 잔 마시고 또 저 집에 들어가서도 한 잔 마셨지만, 한 잔씩으로는 취할 수 없었다. 이 사람을 끌어당기려다가 계속 엎치락뒤치락하면서 저 사람을 잡아당기며 수차례 빙 돌기도 하였다. 낯익은 아낙네에게는 억지로 인정의 술잔을 권하고 제 마음 알아주는 어른한테는 조심스럽게 춘풍 같은 술잔을 건네는 것이었다. 술잔 수가 이미 많아지자, 굶주린 배는 불러지고 발그레한 기운은 얼굴에 그득하게 되었다. 어리석은 기운은 하늘을 찌를 듯하여 술을 아직 덜 먹었노라고 고함지르고 침을 멋대로 뱉어대는 것이었다. 한발 높이 쳐들다가 또 한발 털썩 내려치는데 평지가 갑자기 울퉁불퉁해진 것 같았고, 혼자서 중얼중얼 묻고 대답하는 모습은 마치 대낮에 도깨비에 홀린 것 같았다. 머리는 동쪽을 가리키면서 발길은 서쪽으로 향하고 있었으니, 집을 가까이에 두고서 먼 길을 걷는 듯하였다. 말을 할 적에 공손히 해야 할 때는 말소리를 가만가만히 하여 들리기도 어렵게 하다가, 다른 사람이 거슬리는 눈치라도 내보이면 눈을 부릅뜨고 빤히 쳐다보고, 어떤 때는 욕하기도 하고, 어떤 때는 꾸짖어대는데 마치 미친 사람인 것 같았고 바보짓 하는 것 같았다. 평소 마음에 두고 있던 것들을 술이 취한 계제에 실컷 내뱉는데, 거짓 같지도 않고 진짜 같지도 않았다.

위의 내용은 홀아비가 낮잠에서 막 깨어난 뒤에 마을을 돌아다니며 술을 마구 마시고 술주정을 부리는 작태를 표현하고 있는 부분이다. 작자의 술주정꾼의 묘사는 마치 눈앞에서 벌어지는 상황처럼 참으로 사실적이다. 이처럼 주인공의 모습을 묘사한 것은 홀아비 자신의 호를 '酒傖'

이라고 삼았던 연유를 명실상부하게 드러내는 효과를 발휘한 것으로, 간접적으로 그의 성품을 짐작할 수 있게 하였다.

또한 과부에게 억지로 술을 마시게 하는 장면에서는 홀아비의 거칠고 조급한 성격과 다소 우스꽝스런 모습을 찾아볼 수 있다.

(鰥曰) "寡氏畢竟不把此盃則, 噫! 我鰥夫將擧何顔, 出此柴扉? 狗也羞見, 猪也羞見. 一死決心, 請斷我頭! 魂載寡體, 我無餘慍." 奔入廚下, 持刀而出. 延頭前納, 曰 : "寡氏若吸一口而止, 可保我命, 寡氏眞無活我之心乎?" 寡見此擧措, 心如丸跳, 怔怔忡忡. 急擧杯而少吸, 還杯于鰥, 曰"君見我飮, 心幾何豁?" 鰥忙把寡腕而接杯, 曰 : "不須多勞貴手!" 因飮其剩杯, 一口一口, 嚼而味之而嚥之, 擧杯連嗅, 如聞奇香, 掀髥呵呵.

(홀아비가 말하기를) "당신이 이 술잔을 끝까지 들지 않는다면, 아! 내 이 홀아비는 장차 무슨 낯을 들고 이 사립문을 나서겠소? 개도 보기 부끄러울 것이고 돼지한테도 보기 부끄러울 것입니다. 한번 죽을 마음으로 결심하였으니, 내 머리 위에다 칼을 내리쳐 보시요. 내 혼령이 당신 몸에 실려 다닌다면, 내 여한은 없을 것이요!"라고 하더니, 급히 부엌 아래로 들어가서 칼을 들고 나왔다. 목을 빼고 앞으로 들이대면서, "과부댁이 만약 술 한 모금만 마셔준다면 내 목숨을 가히 보존할 수 있을 것인데, 과부댁은 정말로 나를 살려줄 마음이 없단 말이오?"라고 하였다. 과부는 이런 거동을 보고나니, 심장이 펴뜩펴뜩 뛰는 듯하고 두렵기만 하였다. 급히 잔을 들어 조금 마시고는 홀아비에게 잔을 되돌려 주면서, "당신은 내가 술 마시는 것을 보고서 마음이 얼마나 후련해졌나요?"라고 말하였다. 홀아비는 급히 과부 팔을 거머쥐고 술잔을 입에 대면서, "귀한 손을 너무 수고롭게 하지 마시요!"라고 하였다. 홀아비는 과부가 남긴 나머지 술을 마시는데 한 모금씩 맛보며 삼키다가 술잔을 들어 올려 연거푸 냄새 맡기를 마치 신기한 향기를 맡는 듯하더니, 수염 자락을 쓸어 올리며 껄껄거리며 크게 웃는 것이었다.

위 부분은 과부에게 구혼 거절을 당한 뒤에 처량하고 참담한 심정을 술에 의지하여 해소하려다가 과부에게도 술을 한 잔 먹이려는 생각으로 그녀에게 억지로 술을 권하고 있는 상황을 표현한 부분이다. 홀아비의 억지 쓰는 행동과 어쩔 수 없이 술잔을 받아주는 과부의 동작, 그리고 과부가 남긴 술잔을 들고 한 모금씩 삼키며 너무 신나서 좋아하는 홀아비의 흥분된 모습 등이 매우 희극적이며 현장감 있게 묘사되었다. 작자는 이와 같이 사실적이고 해학적인 기언부와 기사부의 다채로운 표현 속에서 등장인물의 성격・심리변화・동작 등을 생생하게 묘사하고 있다.

넷째, 본 작품에서는 일반 민중의 토속적인 감정과 표현법을 담은 속담이나 은어, 혹은 성어를 많이 구사하고 있다. 이런 것들을 통하여 민중의 생활 정취를 느낄 수 있을 뿐만 아니라, 무엇보다도 중요한 것은 이 작품이 조선시대에 출현하였을 것이라는 사실을 추론할 수 있어서 주목해 볼 만하다. 그러한 정취와 어감이 뚜렷하게 나타난 부분은 작품 도처에서 쉽게 찾아낼 수 있는데, 그중에서 대표적인 실례를 인용해 보도록 하겠다.

▸以人器論之, 我國八方三百州, 英雄氣像, 孰吾儔?(사람의 그릇됨을 논할 것 같으면, 우리나라 팔방 300여 고을의 영웅 기상을 지닌 사람 중에서 누가 나에게 대적할 수 있겠소?)

▸俗言道寡婦之恨, 寡婦知之, 鰥夫亦與寡婦一般, 辛苦情味, 凄凉景光, 有誰知之, 有誰憐之?(속담에 말하길, '과부의 심정은 과부가 알아준다.' 라고 했지요. 홀아비 신세도 또한 과부와 한결 같으니, 씁쓸한 감정과 처량한 정경을 어떤 누가 알아주고 어떤 누가 불쌍히 여기겠소?)

▸秋收之時, 露積稻束, 上尖下圓, 其高數丈, 其積四處, 外庄所收, 或以本色, 或以作錢, 人號我, 曰千石君, 衣服器皿, 不似村人.(추수할 때에 볏단을 밖에 잔뜩 쌓아놓으면, 위는 뾰족하고 아래는 둥그스름하여 그

높이가 수발이나 되고 그 쌓여진 것이 사방에 널려 있었지요. 바깥에 있는 전답에서 거둬들인 것을 본전으로 받기도 하고 혹은 돈을 만들기도 하였는데, 사람들이 우리를 두고 '千石君'이라고 불렀지요.)

▶未烏梅之納口, 病齒先酸.(시큼한 매실이 입에 들어가지 않았는데도, 썩은 치아가 먼저 시린 것 같군요.)

▶輒號懸肬之寡.(혹을 달고 다니는 과부라고 자주 불렀지요.)

▶兩班不辭常沃盃, 官長不辭妓生盃, 吏胥不辭村民盃, 閒良不辭酒媼盃, 賢妻不辭良夫盃, 寡婦不辭鰥夫盃.(양반은 평민의 술잔을 사양하지 않고, 관아의 높은 분은 기생의 술잔을 사양하지 않고, 관리는 촌민의 술잔을 사양하지 않고, 한량은 주모의 술잔을 사양하지 않고, 어진 아내는 지아비의 술잔을 사양하지 않고, 과부는 홀아비의 술잔을 사양하지 않는다오.)

▶寡氏畢竟不把此盃則, 噫! 我鰥夫將擧何顔, 出此柴扉? 狗也羞見, 猪也羞見.(당신이 이 술잔을 끝까지 들지 않는다면, 아! 내 이 홀아비는 장차 무슨 낯을 들고 이 사립문을 나서겠소? 개도 보기 부끄러울 것이고 돼지한테도 보기 부끄러울 것입니다.)

▶諺云義父非爺, 然人情各殊, 不可一槪.(속담에 이르길, '의붓아비는 아비가 아니다.'라고 하였지만, 사람 마음이 각기 다르니 동일하게 생각할 수는 없겠지요.)

▶坐如針氈, 一刻三秋.(앉아있으려니 바늘방석 같고, 一刻이 三秋처럼 느껴진다.)

▶駿馬駄癡漢走, 功妻夜伴拙夫, 君試思之!(준마가 날마다 바보 같은 사내를 태우고 내달리며, 아리따운 아내가 못난 지아비와 함께 잠을 자는 경우를 당신도 좀 생각해 보시오!)

▶白圭之玷可淨, 浮屠之尖易合. 吾一日之執心, 能敵他之十年.(백옥의 티는 깨끗하게 할 수 있고, 浮屠의 뾰족함은 합치기도 쉬운 법입니다. 내 하루 작정한 것이 능히 다른 사람의 10년에 필적할 만합니다.)

▶因自三呼其名, 大發誓言曰, "爾若不悛前日之習, 重貽哲婦之慽, 眞是狗豚牛馬子, 來來去去, 人盡爺, 瘟疫瘋瘡, 終不善, 娼女男盜報無差!"(자기

이름을 3번 외쳐 부르고 맹세하는 말을 늘어놓기를, "네가 이전의 습관을 고치지 않아서 어진 여인에게 또 다시 슬픔을 준다면, 정말로 개·돼지·소·말의 새끼가 될 것이고, 이리 저리 오고가는 사람들이 모두 아버지가 되고, 돌림병·두통·부스럼 같은 질병이 죽을 때까지 낫지 않고, 창녀와 강도의 보복이 어긋남이 없을 것이다!"라고 하였다.

▸ 如牛毛之多日, 二分排猶綽綽.(소털 같이 많은 날이 있어서 날마다 쪼개어도 오히려 여유가 있을 것이다.)

위에서 열거한 내용 가운데에는 현재에도 인구에 자주 오르내리는 것이 있을 만큼 친숙한 느낌마저 들기도 한다. 이렇듯이 작자는 토속적인 언어를 자연스럽게 사용하여 당시의 일반 민중의 언어와 생활상을 드러내었다.

다섯째, 본 작품 속에는 몇 차례에 걸쳐 민요적인 풍격을 지닌 가락조가 등장하는 것을 볼 수 있다. 몽중세계 부분에서 홀아비가 과부의 어린 자식을 무릎에 놓고 얼러대는 「弄兒曲」과 과부에게 술을 억지로 권할 때 읊조리던 「勸酒歌」를 꼽을 수 있고, 각몽 이후의 부분에서는 「萬夢歌」를 찾아낼 수 있겠다. 참고로 「弄兒曲」에 해당되는 원문을 인용해 보도록 하겠다.

吾兒, 吾兒!
休啼, 休啼!
金子童, 玉子童!
五雲堂上七寶童, 明月宮中水晶童!
萬里滄海龍子童, 四大部洲人傑童!
非天降則地聳? 怕吹飛而握陷!
아가, 우리 아가!

울지 마라, 울지를 말아라!

金子童아, 玉子童아!
五雲堂上 七寶童아, 明月宮中 水晶童아!
萬里滄海 龍子童아, 四大部洲 人傑童아!
하늘에서 내려왔나, 땅에서 솟아났나?
훅 불면 날아갈까, 잡으면 꺼질까!

위 내용은 홀아비가 과부의 아들을 제 자식처럼 사랑하며 양육하겠다고 과부에게 다짐하면서 무릎 위에 아이를 앉혀 놓고 얼러대는 소위 「弄兒曲」에 해당된다. 이 노래의 가사는 마치 우리 자신이 어릴 적에 익숙하게 들어왔던 할머니의 자장가 가락처럼 정겹게 느껴지기도 한다.

여섯째, 일반적으로 우리의 고대소설에서나 한문소설에서는 중국 관련의 배경이나 인물・풍물이 허다하게 출현하는 경향이 있다. 『鰥夢寡記』에서도 중국 관련의 典故・人名이 다소 거론되는 것을 찾아 볼 수 있다. 이를 살펴보면, 다음과 같다.

▶惟酒一款, 心不能以自主, 直欲與爾同死生, 古之劉伶・畢卓・李太白・賀知章輩, 吾視如後生也.(술 마시는 일에 있어서는 내 마음으로도 어찌할 수 없고, 다만 이것과 생사를 같이 하고 싶을 정도입니다. 그 옛날 劉伶・畢卓・李太白・賀知章 같은 분들을 나는 후배처럼 여기는 편이지요.)

▶昔日姜太公・百里奚・朱買臣之妻, 不忍一時之飢寒, 遂致千古之悔恨, 蘇秦・陳平・楊志堅輩, 始屯終亨, 張志氣於家人.(옛날에 姜太公・百里奚・朱買臣의 아내는 일시의 배고픔과 추위를 참지 못하다가 천고의 후회를 하게 되었지요. 그런데 蘇秦・陳平・楊志堅 같은 인물은 처음에는 고생하다가 나중에 모든 일이 뜻대로 이뤄져서 집안 식구한테 제

기량을 펼쳐보이게 되었답니다.)

▶ 劉郎到於天台, 張生遇於西廂, 風流溢於千載, 趣興長於良夜.(劉郎은 天台에 도달하였고 張生은 西廂에서 만났으니, 풍류는 천 년 동안 넘쳐나고 흥취는 깊은 밤보다 길어질 것입니다.)

▶ 衣裾下有珍味, 晉人話眞奇特! 死當葬於是鄕, 漢帝論尤痛快!(치마 속에 진기한 맛이 있다고 하였으니, 晉나라 사람의 말이 정말로 기막히도다! 죽어도 마땅히 이 고을에 묻혀야 한다고 하였으니, 漢나라 황제의 말이 더욱 통쾌하구나!)

▶ 君或健於祿山, 妾不淫如太眞.(당신이 설령 안록산 보다 건장하다고 하여도 저는 양귀비처럼 음탕하지 않습니다.)

위와 같은 정도의 입담은 각몽 부분에서 등장하는 작자처럼 보이는 기몽헌 주인의 몽론 사설의 논리성이나 그 사려 깊은 어조와 관련지어 볼 때, 이러한 정도의 중국 관련 지식을 거론할 수 있는 수준은 당연할 것이라고 여겨진다.

4. 作品評價

국문학계에서는 天台山人의 『朝鮮小說史』(1939)와 朴晟義의 『韓國古代小說史』(1948) 이후로, 꿈을 소재로 하여 몽중사건을 전개하는 독특한 구성형식을 갖춘 작품들에 대해 夢字類小說·夢遊錄系小說·夢幻小說 등의 용어를 사용하여 그들에 대한 개별적·유형적 연구를 진행하여 왔다. 그리고 최근 중국 吳志達의 『中國文言小說史』에서는 「南柯太守傳」·「枕中記」 등의 몽환소설 중에 전개된 몽경 세계와 현실적인 인간의 삶을 조명하는 논술을 하였으며,[8] 林辰·徐行 共著의 『夢幻系列小說』에서는 몽환소설에 대한 집중적인 평가를 하면서 몽환소설의 개념을 "夢幻小說特指那種由一個夢境構成的一篇完整故事的小說—由境演述一個人的一生經歷(或一件重要的經歷)的那類小說."(몽환소설은 하나의 몽경으로 구성된 한편의 완정한 이야기를 담은 소설을 특별히 가리킨다. 다시 말해서 몽경으로써 한 사람의 생평과정(혹은 하나의 중요한 상황과 사건)을 전개 · 기술하는 소설이다.)이라고 정의하였다.[9]

필자가 몽환소설류의 새로운 연구자료로서 검토하게 된 『鰥夢寡記』는 몽중에서 주인공 홀아비가 과부와 벌이는 일련의 결연사건을 통하여 夢中之夢에 대한 각성 과정을 표현하고 있는 소설로서 위와 같은 몽환소설의 개념에 부합된 면모를 충분히 지니고 있다고 본다. 또한 본 작품 중에서 각몽의 순간을 기술한 부분에서 작자는 "大叫一聲而驚覺, 乃辰時之夢幻也."라고 단정하기도 하였는데, 바로 그 몽경과 몽중사건은 몽환 속의 상황이며 중요 사건으로 하나의 완전한 줄거리를 이루고 있다. 따라서 본 소설을 몽환소설류의 새로운 작품으로서 평가하여 그 가치를 규명해 보는 일은 매우 중요하다고 하겠다.

그렇다면, 『鰥夢寡記』를 조선시대 몽환소설로 인정하면서, 여타의 몽환소설과 비교하여 본 작품이 지니고 있는 가치와 특징적 면모는 어떠한 지를 살펴보아야 할 것이다.

첫째, 일반적으로 소설 전개상 사건의 내용이 작중인물의 성격과 행동을 입체적으로 반영하는 것이라고 한다면, 인물에 대한 묘사는 작품의 중심과제로서 작자의 창작의도를 상징적으로 드러낼 수 있는 장치가 될 것이다. 본 작품에서는 대부분의 표현이 홀아비 주인공 1인을 위주로 한 성격묘사와 사건전개로 구성되었는데, 주인공의 성품과 그가 벌이는 사건의 형태는 이미 입몽 이전 현실상을 간단하게 표현한 부분에서 쉽사

8) 吳志達, 『中國文言小說史』, 山東 : 齊魯書社, 1994, 342-365쪽.
9) 林辰 · 徐行, 『夢幻系列小說』, 瀋陽 : 遼寧教育出版社, 1992, 4쪽.

리 예측할 있다. 바꾸어 말해서, 홀아비의 성격은 입몽 이전의 현실 속에 제시된 '酒傖'이라는 별명 속에서 짐작할 수 있는데, 술주정꾼답게 거리낌 없이 과감하게 자신의 언동을 표출하는 그런 기질은 몽중세계 속에서도 그대로 발휘되어 모든 상황과 사건의 전말을 발생·전개시켰다.

또한 작자는 입몽 이전에 단순하게 '鰥夫'라고만 언급한 신변상황의 제시어를 통하여, 소설내용의 전개는 곧바로 주인공의 욕구 해소와 소원 성취를 포함하는 사건의 전개가 될 수 있음을 예시하였다. 작자는 실지로 그런 객관적 사실에 부합되는 상황으로 이웃집 과부를 등장시켰고, 그것에 얽혀지는 사건을 전개하였다. 결국 소설 중의 사건은 주인공이 이웃집 과부와 인연을 맺어 홀아비 신세를 벗어나고자 하는 과정과 그 결과로 빚어진 상황을 묘사하는 것으로 일관되었다.

둘째, 본 소설에서 주인공 홀아비의 현실적인 모습과 잠재된 욕망은 꿈속에 전입된 이후에도 변함없이 지속적으로 전개되어서 소설 중에 표현된 전체적인 몽경이 입몽 이전 현실세계의 지속 상황처럼 느껴진다고 하겠다. 몽중세계의 내용을 엄격히 분석해 보면, 호랑이의 출현 부분을 제외하고는 과장된 인물형상이나 허황된 사건과 상황에 따르는 사건의 전개가 아닌, 소박하고도 사실적이며 현실적인 모습을 지닌 인물로 묘사하면서 그에 어울리는 사건을 전개시키고 있음을 볼 수 있다. 즉, 몽중세계 속에 등장한 인물이 현실상황의 실제성에 비해서 비약·과장된 인물로 형상되었거나 의외적인 신분변화에 따르는 사건을 전개하지 않고, 다분히 현실상황의 연속처럼 실재성을 그대로 반영한 묘사였다는 점을 지적할 수 있겠다.

셋째, 『鰥夢寡記』에서는 그 입몽 과정이 「枕中記」·「南柯太守傳」에서처럼 몽중세계로의 진입을 유도하는 등장인물, 혹은 導夢 수단이나 장치가 전혀 등장되지 않았으며, 몽유자가 자신이 입몽되는 과정을 전혀 자각하지 못한 상태에서 진행되었다. 다시 말해서, 『鰥夢寡記』에서는 주인공 홀아비가 무료한 한낮에 낮잠을 청하면서 그 상황을 그대로 꿈의 상태로 지속시키다가 그 계속된 낮잠 상태의 잠에서 깨어나는 과정을 표현하였을 뿐이다.

입몽 직전의 상황과 몽유활동이 막 시작되려는 맨 처음 부분을 살펴보면, 다음과 같다.

白晝無聊, 黃嬭多情. 藉草枕闥, 直伸兩脚, 摩腹而臥. 臥輒齁齁然睡. 無人喚醒, 直睡到日欲沒時. 自嗽自覺, 張拳欠呵, 聲如喑啞. 蹶然起坐, 垂頭若思, 咂口噍津. 喉渴如焚, 舌話如飴, 酒思如泉之方湧而莫可阻遏. 自問酒家何處在? 一步出門, 勢如脫兎.

훤한 대낮인데 무료하기도 하여 낮잠을 자고 싶었다. 풀덤불을 베고서 두 다리를 쭉 펴고 배를 어루만지며 누웠다. 눕자마자, 금방 코를 골면서 잠들었다. 깨워줄 사람이 아무도 없자, 날이 어두워지려고 할 무렵까지 줄곧 잠에 빠져 있었다. 헛기침하며 잠에서 깨어나 기지개 켜고 하품을 하는데 그 소리는 마치 벙어리 소리를 내는 것 같았다. 벌떡 일어나 앉아서 머리를 숙인 채 뭔가 생각에 잠기는 듯하더니, 입맛을 쩝쩝 다시고 침을 꿀꺽 삼키는 것이었다. 갈증 나는 것이 마치 불이 타는 듯하였고, 꿀맛처럼 뭔가 혀끝에 감도는데 술 생각이 샘물처럼 솟구쳐서 가히 참을 수 없었다. 술집이 어디에 있는지를 살펴보더니, 제 혼자 중얼거리면서 한걸음으로 단숨에 문 밖을 나서는데 그 모습이 마치 달아나는 토끼와도 같았다.

위와 같은 홀아비의 모습은 마치 현실적인 낮잠에서 깨어나 기지개 켜고 하품하는 보통 사람의 모습과 매우 흡사하다. 이처럼 입몽 부분에 묘사된 몽유자 주인공의 모습은 '酒傖'으로서의 현실적인 모습을 그대로 재현・지속하고 있는 느낌이 들 정도이다. 입몽 과정에서 몽유자가 입몽을 전혀 의식하지 못하고 있을 뿐 아니라, 낮잠에서 지속된 꿈 상태의 꿈에서 깨어나 몽유활동을 벌이고 있어서 표면상으로는 몽중세계가 현실세계와 단절되지 않은 채 지속된 인상을 남기고 있는 것이다. 즉, 홀아비의 몽유 활동은 낮잠 중의 꿈에서 깨어난 그 꿈의 상태에서 홀아비가 평소에 지녔던 현실적 염원을 자연스럽게 전개하는 장면으로 진행되었다고 할 것이다.

넷째, 「南柯太守傳」・「櫻桃靑衣」・「九雲夢」 등의 작품에서는 2명의 사신과 講僧・胡僧의 呼唱에 의해 각몽의 순간을 얻었고, 「玉仙夢」에서는 주인공이 몽롱한 상태에서 공중으로부터 들리는 소리에 놀라 꿈에서 깨어나게 되는 상황을 마련해 놓고 있다. 그런데 『鰥夢寡記』에서는 각몽되는 순간의 몽경 결말부분에서 홀아비를 질책하는 역할을 담당한 인격체로서 호랑이를 등장시켜 극적인 각몽의 단락을 마련하였다. 이것은 아마도 순식간에 각몽의 계기를 마련하고자 노력한 작자의 창작태도로 볼 수 있다. 여기에는 방자하거나 무례한 과실을 범했을 때 흔히 '호랑이한테 잡혀 먹는다', 혹은 '호랑이한테 혼난다'라는 민중적 토속적 관념을 반영한 표현수법이 숨어 있다고 하겠다.

다섯째, 「南柯太守傳」의 각몽 부분을 살펴보면, 작자는 주인공 淳于棼이 몽중세계 속에서 槐安國의 駙馬가 되어 누렸던 고관대작의 부귀공명과 得寵失意 등을 체험하였던 일체의 사실과 상황을 꿈을 깬 뒤에 목격하는 현실세계의 실제장면(자기 집 앞의 槐樹 아래 개미굴)을 몽경과 견주어 관찰하는 과정 중에서 비로소 몽중경험의 무상함을 깨닫게 됨을 표현하고 있다. 그런데 『鰥夢寡記』의 각몽 부분에서 나타난 기몽헌 주인의 몽론 사설은 다른 몽환소설의 표현수법과는 다르게 몽중세계 중심의 묘사만큼이나 중요한 의미와 강력한 주제의식을 나타내고 있다고 하겠다. 다시 말해서, 작자는 각몽 부분에 이르러서 작중인물이 몽중세계에서 체험한 일련의 사건 전개를 결속시키고 있으면서도, 夢中之事에 대한 심오한 철학적인 의미와 논조를 작자로 등장한 기몽헌 주인의 진지한 설명으로써 이를 기술하고 있어서, 읽는(듣는) 사람으로 하여금 '萬事皆夢'·'夢中之夢'의 관점을 쉽사리 각성할 수 있도록 하였던 것이다.

위에서 살펴보았듯이, 『鰥夢寡記』는 현전하는 여타의 몽환소설과 구분될 수 있는 독특한 내용과 사건의 전개를 통하여 작품의 주제를 명백하게 드러내었다고 하겠다. 특히 몽중세계 속의 체험이 결국 '夢中之夢'·'萬事皆夢'·'天下一夢'임을 각성시켰던 기몽헌 주인의 장황한 몽론의 철학적 논지를 작품의 대단원 중에 설정했다는 점은 주목해 볼 만한 표현수법이라고 할 수 있겠다.

5. 結論

이상에서 밝힌 바와 같이, 『鰥夢寡記』는 작품의 표현내용과 서술체재상 몽환소설로서의 새로운 연구 자료가 된다고 할 것이다. 본고에서는 그 서술양상과 표현수법을 중점적으로 분석하면서 몽환소설로서의 특징적 면모를 고찰하고자 하였다. 본론에서 살펴본 내용을 다시금 요약·정리해 보면 다음과 같다.

첫째, 『鰥夢寡記』는 서술구조상 몽환소설의 일반적인 양식인 액자소설 구조를 운용하고 있다. 작자는 도입부인 입몽 이전의 현실 부분에서 간략하게 주인공의 인물을 소개하고 그가 처한 시·공간의 상황을 제시하여, 주인공의 잠재된 욕구와 소망을 짐작할 수 있게 하였다. 액자 내부의 중심 이야기가 되는 몽중세계에서는 입몽 이전 주인공의 신세와 욕망을 그대로 반영한 듯한 인상을 주는 사건을 전개하고 있다. 작자는 '鰥夫'로서의 잠재적 욕망과 '酒傖'으로서의 기질을 몽경의 활동상에 적극적으로 유도·전개하여 이웃집 과부와 결연하게 되는 일련의 사건을 만들었다. 몽경에서 깨어난 현실 부분에서 홀아비는 하룻밤 꿈에서 겪은 몽중 사건에 대한 허탈한 심정을 기몽헌 주인에게 토로하였고, 그의 얘기를 듣게 된 기몽헌 주인이 몽론 사설을 설득력 있게 진술하였다. 홀아비를 위로하였던 그의 사설과 논변은 궁극적으로 '萬事皆夢'·'天下一夢'의 삶에서부터 大覺의 경지에 도달할 것을 논리적으로 설명·강조하는 주제를 내포하고 있었다.

둘째, 작품의 마지막 부분에 제시된 "萬古의 꿈을 기록하여 그 꿈을 꿈결과 같은 세상 속에서 가장 오래도록 살아남게 할 수 있는 것은 오직 문장으로 기술하는 것뿐"이라는 관점에 의거하여, 기몽헌 주인이 홀아비의 몽중체험을 장편의 기록물로 남기게 된 작자임을 알 수 있다. 즉, 홀아비의 몽중체험을 전해들은 기몽헌 주인이 바로 『鰥夢寡記』의 작자 자신이었음을 알 수 있게 된 것이다. 본고에서는 작자에 관련된 구체적인 사항들을 제대로 정확하게 규명하지 못한 형편이었는데, 다행히도 작품의 말미에서 기몽헌 주인이 『鰥夢寡記』의 작자가 됨을 분명히 언급하고 있다. 이를 바탕으로 작자의 성명과 생평에 관한 고찰은 앞으로 탐구해야 할 과제로 남게 되었다.

셋째, 작자가 홀아비의 몽중체험을 글로 기술함에 있어서 비교적 다양한 표현방식을 운용하였다. 입몽 이전을 제외한 거의 모든 부분에서는 대화체를 사용하였는데, 등장인물 간의 대화 내용을 통하여 인물의 성격·사건의 전개 등을 잘 표현하였다. 또한 그 대화 내용 속에는 열거적인 수법이 적잖게 포함되었다. 그러면서도 간략한 記事體의 표현 속에서는 인물의 성격과 행동을 생동감 넘치게 묘사하였고, 사건·상황을 목도

하는 듯한 사실적인 느낌을 가질 수 있는 효과를 발휘하였다. 그리고 토속적 정감을 지닌 속담·은어·성어 등을 도처에서 많이 사용하였으며, 홀아비가 읊조린 「弄兒曲」·「勸酒歌」와 기몽헌 주인의 夢論에 해당되는 「萬夢歌」 등에서는 민요적 풍격을 지닌 가락으로 표현하였다. 이밖에도 중국 관련의 典故와 인명이 다소 거론되기도 하였다. 작자가 이와 같은 다양한 표현방법을 통하여 몽경 속에서 홀아비·과부 사이의 결연사건을 전개·기록하였던 것은 아마도 읽는 자(듣는 자)로 하여금 기몽헌 주인이 설론한 '夢中之夢'·'萬事皆夢'·'天下一夢' 등의 인식에 대한 새로운 각성과 깨달음을 기대하는 작품의 심층적 주제를 천명하고자 한 것이라고 하겠다.

넷째, 『鰥夢寡記』의 표현수법을 중국의 대표적인 몽환소설 「枕中記」·「南柯太守傳」·「櫻桃靑衣」, 조선시대의 「九雲夢」·「玉仙夢」 등과 비교해 보면, 『鰥夢寡記』 나름의 독특한 표현기교에 따른 인물묘사와 사건전개가 있었음을 찾아낼 수 있다. 특히 각몽 이후 현실세계에서 출현한 기몽헌 주인의 몽론 사설은 작품 전체의 구성 비중 중에 큰 몫을 차지하고 있다. 작자는 그 속에서 강력한 주제의식을 천명하였고, 또한 평범한 인간이 지닌 '夢中之事'를 철학적 각성의 단계로 발전하기를 바라는 심오한 사상을 설득력 있게 표현하였다.

다섯째, 『鰥夢寡記』는 雅號를 '寄夢軒主人'이라고 부르는 작자가 홀아비의 몽중체험담에 의탁하여 자신의 몽론을 진술함으로써 몽환소설로서의 생동감이 넘치는 내용과 인상 깊은 주제의식을 지니도록 하였다. 『鰥夢寡記』의 작자는 현실적인 인간의 고뇌와 욕망을 지닌 홀아비의 몽중체험을 평이한 어휘와 문자로써 실재성이 농후하고 생동감이 넘치게 잘 표현하면서 작자 자신의 몽론 사설을 곁들여, 조선시대의 몽환소설로서 전혀 손색이 없는 작품으로서의 높은 경지를 이룩하였다.

이상을 다시 종합하건대, 『鰥夢寡記』의 작자로 판단되는 기몽헌 주인이 작품의 말미에서 홀아비에게서 들은 몽중체험을 문장으로 대략 기록하게 되었다고 밝히고는 있으나, 홀아비의 단순한 욕망을 꿈의 의식 속에서 사실적으로 극화하고 이를 또다시 작자 자신의 몽론 사설로써 해석·설명하고 있는 점으로 보아서, 여타의 기존 몽환소설과 확연히 구분되어지는 『鰥夢寡記』만의 특수한 서술양상임을 인정하지 않을 수 없겠다. 따라서 학계에서는 본 작품만의 독특한 내용과 뛰어난 표현기법을 높이 평가해야 옳을 것이며, 많은 관심을 가지고 면밀히 연구해야 하리라고 본다.

참고문헌

成賢慶, 『韓國小說의 構造와 實相』, 경산 : 영남대학교 출판부, 1981.
신재홍, 『韓國夢遊錄小說研究』, 서울 : 계명문화사, 1994.
梁彦錫, 『夢遊錄小說의 敍述類型研究』, 서울 : 국학자료원, 1996.
柳鍾國, 『夢遊錄小說研究』, 서울 : 아세아문화사, 1987.
李在銑, 『韓國短篇小說研究』, 서울 : 일조각, 1981.
張德順, 『國文學通論』, 서울 : 신구문화사, 1969.
車溶柱, 『夢遊錄系構造의 分析的 研究』, 서울 : 창학사, 1979.

姜銓燮, 「언문칙목록(諺文冊目錄)小考」, 史在東 編, 『韓國敍事文學史의 研究』 V, 대전 : 中央文化社, 1995.10.
강중탁, 「幻夢小說研究」, 『명지어문학』 제14호, 1982.
丁奎福, 「幻夢說話考」, 『亞細亞研究』 18호, 고려대, 1965.
車溶柱, 「夢遊錄과 夢字類小說의 同異에 대한 考察」, 『청주여사대 논문집』 3권, 1974.

關永禮 등, 『中國古典小說鑑賞辭典』, 北京 : 中國展望出版社, 1989.
王夢鷗, 『唐人小說校釋』, 臺北 : 正中書局, 1988.
吳組緗・呂乃岩 등, 『歷代小說選讀』, 北京 : 中國青年出版社, 1982.
吳志達, 『中國文言小說史』, 山東 : 齊魯書社, 1994.
林辰・徐行, 『夢幻系列小說』, 瀋陽 : 遼寧教育出版社, 1992.
漢語大詞典編輯委員會 編, 『漢語大辭典』, 北京 : 漢語大詞典出版社, 1994.

[영인] 환몽과기(鰥夢寡記)

여기서부터는 影印本을 인쇄한 부분으로 맨 뒤 페이지부터 보십시오.

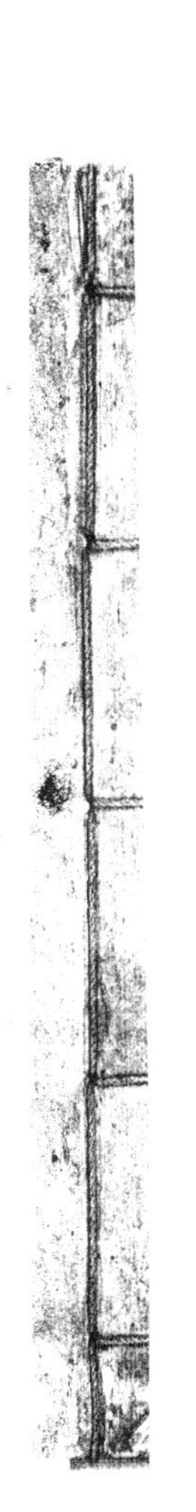

鰥夢寡記

鰥夢寡記

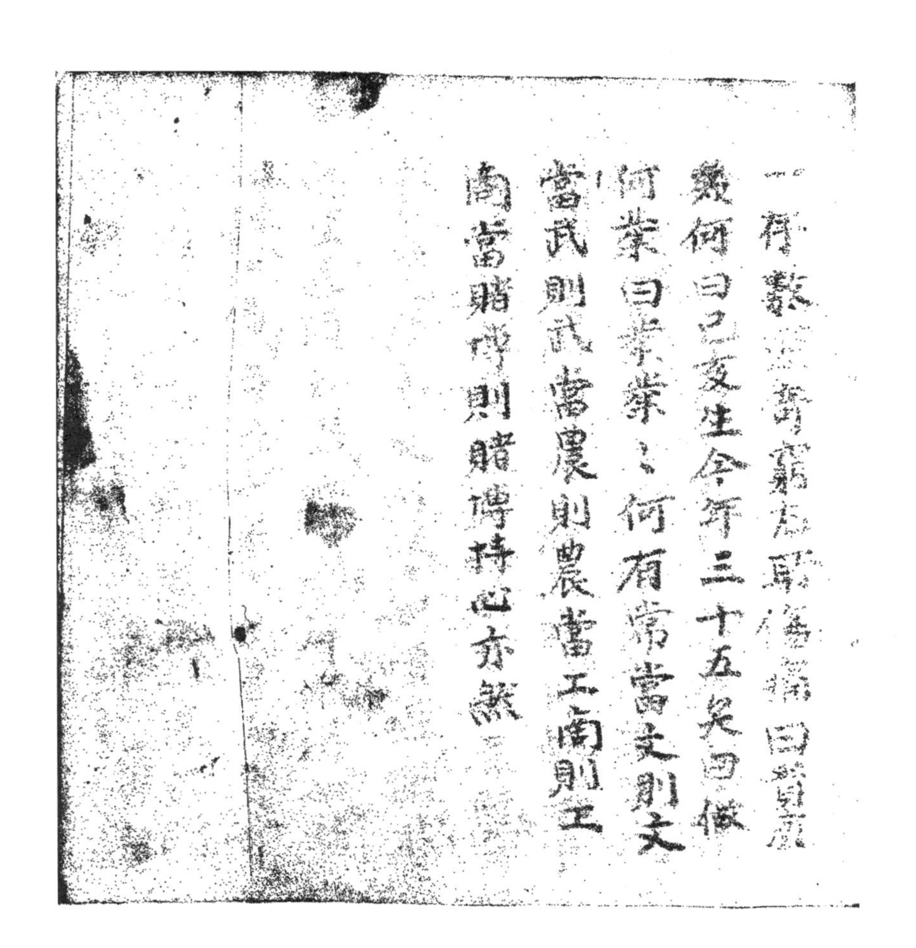
一存數[illegible]窮[illegible]取[illegible]曰[illegible]
幾何曰己亥生今年三十五矣曰做
何業曰業業之何有常當文則文
當武則武當農則農當工商則工
商當賭博則賭博持心亦然

鱞夢寡記

南湖之濱西林之野有一鱞夫自號醉傖白晝無聊黃媥多情藉草枕閾直伸兩脚摩腹而卧卧輒齁〻肰睡無人喚醒直睡到日欲沒時自嗽自覺張拳欠呵聲如喑啞蹶肰起坐垂頭若思咂口嚥津喉渴如焚舌甜如飴酒思如泉之方湧而莫可阻遏自問酒家何處在一步出門勢如脫兎隣翁倚扉稱兒偈立

鰥回身前問曰此兒何來我未嘗見
翁笑而不答鰥復連問翁終不隱
指兒而言曰此兒之孃孤寡無依
吾憐其情率留于家鰥哈哈笑曰
是翁好意將有後祿寡年幾何
翁曰青春尤可憐鰥曰雖甚可憐
如果改適庶不負此青春翁曰是
在他志人何勸沮鰥曰唯唯歎言
還止逡巡而退行行前村入此家
而一盃又彼家而一盃一盃一盃不

能成醉拉張三而連倒挽李四而數
巡慣面之少媼強勸人情之酌知心
之長者優分春風之觴飲籌既多
楞腹果然紅潮凝面愚氣衝天大
呼小喝虛唾亂作一步高一步低
平地忽然崎嶇自口問自口答白晝
如逢魍魎頭指東而脚西家在通而
路遙言當恭則聲微難聞人忤則
目瞪直視或罵或詬似狂似癡平
日記存于心者托醉披露又復非假

非眞人勸飯而不喫啄炬帒而頻燒
神迷亂而輒顚臭聲香而彰聞鼻雷
殷於木頭秋夜長而未夾酒將醒而渴
急飮數椀之冷水紙窓風嘯土壁霜凝
多年布被寒如鐵半壁殘燈翳漫明
長吁一聲寸腸欲絶昔日之歡緣春
夢難憑瞥眼之過艶癡想如結罷左
拳如溫柔鄕苟且一時之樂恃右隣若
親戚家深切來頭之望轉輾反側畓
量千萬鴉飢鳴而日漸曙面目腫噌頭

鬢闒茸蒻知已詐懷私央危百方乞
憐萬端人不耐苦述其意於隣翁曰
否吾不關於此事何容喙於其間
人以翁言回傳于鰥曰置村漢史
裏如有千葉一部彼厭吾貧困破落
有此托辭甚用可惡吾將自往叢
落成否遂造翁門見翁而言曰曠夫
怨女隔籬而居不能成耦則實非使
閭他隣者也蔽一言曰年紀相敵門
户相當各自不安他求翁須從中

出言無見推託翁心甚苦之而不敬
迫隘拒絶回嗔依笑曰他人緣薄上
事吾不敢與議君自量行無干于我
鰥曰無梯之樓何以攀登翁曰登不登
在君吾何能爲梯鰥心知翁意之冷
寞麤氣乃發不顧而嘿曰翁言是矣遂
窺戶而呼曰寡氏〻〻隣居鰥夫請
見康邪懷寡聞此呼羞愧且患噤口
不答鰥見其不答連呼不絶聲聞一
里寡忍不能任推戶大罵曰隣居鰥

夫何為者寡婦門前撒顛狂寡婦
不是甭家人亂叫寡婦做甚麽寡婦
雖云無主之物欲守苦節天亦未知
甭何敢如此大膽守鰥亦厲聲曰
寡婦雖云無主之物得鰥夫則為有
主之物獨自守苦節何如享甘樂陰
陽相包離之不能天地之道也萬物之
理也么麽寡婦逆天違理殃必及之不
知慮此反責人為自稱守節尤為甚
今節果堅守不改則旌門將立耶職

帖將下耶只如失侶之鴛鴦離群
之鴛鴦人或憐之其憐何恃人或稱
之其稱何榮百年電忙一生泡幻虛
老青春歸臥北邙空山寂寞之中
杜鵑啼月黃昏誰吾子而呼寡氏
何蟻離而慕寡氏寡氏年芳而
姿艶鰥吾氣壯而體健欲選良匹
捨我其誰接旗鼓而酣戰知將軍
之武藝且以人器論之我國八方三百
州英雄氣像孰吾儔佳人夜夢分明

好一段知心說話酬聞說寡氏性又
明慧何不對我一言決定將憋氣惱
殺人寡聽畢知不可以正理拒之又
恐遭强暴之辱心生一計軟語以報曰
欲議人倫大事不可站門閙聒既承
面決之教請歷內當面從容鰥聞此
語如奉玉皇勅命撇鼻撥吻低笑
捉襟咳嗽而入負似鄭重寡熟視
上下良久始言曰鰥夫婦之求逑雖
非正禮之婚姻亦有媒妁然後可成體

面今君排闥直入如呼使嗄世豈有
是法禮據此以觀君必喪性之人也
如我醜婦亦有肚腸雖講堅之節不
頗見此無良也騾曰寡氏知其一未
知其二俗言道寡婦之恨寡婦知
之鰥夫亦如寡婦一般辛苦情味凄
凉景光有誰知之有誰憐之隣有
可媒之人言辭非華瞻而不欲爲我
緩頰行媒妁而結緣姻則方身生而
可議豈此世之擬望如拘小節雖成

大事且夫鰥與寡之相耦非人間
之異事兩顔相對决定可否不勞
紹介亦極光明故乃敢妄率幸
垂諒恕寡曰着君七尺堂堂四大
無恙不幸鰥居踽涼可問胡爲乎
以隣里之好而不肖爲一言之助
耶事有蹺蹊瞞不我過且此姑舍
我將問君君宜無隱君有家乎
曰有椿萱俱慶乎曰只有老慈在
堂然而寡氏之問先家而後親無

乃失其輕重耶寡曰好笑、君非讀書識理之人也人無家舍奈祀焉嘗將何設行父母妻孥將何奉乎風雨攸除神人共宅閑安得不先鰥不覺舌吐歎祇而謝曰寡氏之言有義有理雖古達權之士無以過此可驚可歎鄙人顧蒙失對萬望休責寡又問曰鴈有幾行曰上有一兄奉侍慈闈曰膝下男女幾人曰往歲多產隨產隨化見無

一存數運奇窮左所傷痛曰貴庚幾何曰已亥生今年三十五矣曰做何業曰業業〻何有常當文則文當武則武當農則農當工商則工商當賭博則賭博持心亦然當善則善當惡則惡當貪則貪當廉則廉當勤則勤當惰則惰惟酒一款心不能以自主直欲與爾同死生古之劉伶畢卓李太白賀知章輩吾視如後生也寡舍笑而問曰屋幾間曰築

爲屋只一間而無餘曰曾前亦如
此否曰吾先君之在世盖造庵家數
十間斜廊行廊內庫外庫四圍方
正自戍口字前圃後園蔬果百種四
時需用裕如間或酬應于人馬廐
牛宮豕棚鷄塒件件停當打場寬敞
聯十畝而無礙豬澤深濶養衆魚
而於物障水口而植柳綠陰菀於春
夏自越路而遠望吾亦剩愛吾廬
粧點旣好藏獲且足長雇奴兒家

僮各執役而無暇隙二八三七之富億
德亦有數輩能爛烹飪洗踏又善
應對使令秋收之時露積稻束上天
下圓其高數丈其積四處外庄所收
或以本色或以作錢人稱我曰千石启
衣服鮮麗不似村人官家待賓多
從我借三時之飮食豊備隣婦盈
一年之錢穀寬用窮交滿座緊
我亡室仁厚善施同我心性乱
當飯而食飢解著襦而衣寒至

於婚姻初終吉凶事奢而不儉僭
巫倡檀施給瑪享而不薄耶以
家計漸替到若雲烟目前雖
無倒柳錐之地當年眼目尚不
能改如干祖邑如干錢兩不飲區
二置念也寡曰莫言天子當年尊
今日青衣極可憐已往豪饒已
屬先天將來契語何以為策鰥夫
單身雖云悲涼東家食而西家
宿殘盃冷羹不費經營故家來

聞廚下之詈辭出門頓忘心中之煩
惱一邊思之還是自在好身若只
取夜間被窩中溫存不思日後身
家上累積追悔必多事不永完矣
夫更事自當熟計如我未亡之人
命道險釁甫離襁褓父母見背依
仰無他親屬寄養幸賴舅氏及
笄而嫁二十遂寡三霜已過一息
尚存今於楚猴渡江之年反復沉船
破釜閱盡風雨霜雪嘗遍辛苦

酸醎人生大都如夢我夢一何其重
靑春誤時毫無自惜之心長夜如
歲斗有不寤之願觸景無非傷情
遇事自然鮮手人議再醮如暴雷
之臨頂驚膽欲破私念改適未烏
梅之納口病齒先酸雖云白玉郞黃
金屋錦繡帳鴛鴦枕享世間之富
貴盡人生之滋味香如彼乘心不可
轉憐玆孤孩生肇四歲顧腹之方
失宜提携之所無地要不飢不寒

又無計無策及其嗅傷舍之炊香
呼媽々索飯遇隣人之皃類認爺々
而覓飴聞已刺骨見亦銷魂舐犢
之情歸虛殺猪之問何實人々心
頑不憐失怙嬰孩々許秘輒號懸
疣之寡愁不敢言知不能保心自着
淡氣漸沮喪節交之臘寒凝氷雪
顇壁破窓北風此霄冷突薄衾南
柯何夢幾兩膝之入鼻宛一蝟之曲
躬如當敬事戰々兢々業々若

遭怕境恐々惴々栗々兒遍身而一
氷冷聲不出而不啼果鶴襁而緊
抱呵龜手而頻摩既吾生之可哀
又兒命之極矜許彼天而蒼々抱
此恨而綿々淚縩々而無從腸寸々
而欲斷良豈人之暇懷可此境之
奈何引菜刀而刎頸套褭索而吊
項不是難辦之事而顧此一塊血
肉天之所生夫之所屬也一朝失我
殘命難保冀天或佑負夫何忍舍

究茹痛扭日過時主翁心慈另憐
我情借以一間房子安頓我母雛
庶免凍餒感浹骨髓惟圖手足
胼胝以報翁恩之萬一追暇自許撫
養此兒幸其成長遽然長逝見
先夫於泉下道在世之吃苦心以
此而堅持斷之乎其靡他隣里之
人未知我爲何人我自何來只見
我寡年少影形之際妄相議度
以致君撻門呼視我蔑如若報之

相應言相較則反惹人笑役
此不義故忍恥請君越禮接話
暴白心肝更無餘蘊君諒我情勿
復擬想鰥一回淒愴一回冷淡沉
咏有須呼僮徑前村劉婆壚沽
醪一曲道是某閑良之送吋囑再
三倒囊數三十文小錢授僮又吋
囑以某閑良之送寡曰主不待客
了自辦飲外面未妥內心甚愧鰥
曰一接芳容喜已逾分外貽擾

豈敢當無異領情萬句為慮
已而僮携壺而奔還告価外之
加捧因以無而亂盤殽一楪而醎
菜蔬蔬酌而一飲鄉音走磧之木筏
薐又咄咄曰急於潤渴無心先酌失
手大笑無顏極笑僮再酌進一盃
於寡氏前寡兩頰發紅曰吾不辭
飲而復不當之勸鰥曰寡氏之
言何謂也無論何釀酒大異他
需有事必設對人必勸是以言有

問答酒有酬酌上下老少男女親
疎循序無關間有不觧飲者寧
暫接杯少沾唇而止未有初不使
歡之禮也寡氏應知此箇經界而
如是王孫滿不其嫌我腌臢不欲
對酌意耶恭以進而不享問中心之
謂何此一盃之不顧我摘鼻而入囊
遂復手擎盃恭恭敬敬跪獻于寡
低唱一闋以侑曰勸君進此酒一
盃此謂明明配合盃偕享百年

多産子人間無此喜歡孟寡曰他
事可强鰥孟難强鰥曰他事可强一
句語吾能諭其歸趣如聽仙樂耳
朶暫明但一孟雖强折何主意我有
一言寡氏試聽万古人情酒孟寬生
前死後一般着然故上帝不辭下界
孟君王不辭臣僚孟祖父不辭子孫
孟先生不辭弟子孟老人不辭少年
孟主人不辭賓客孟兩班不辭常漢
孟官長不辭妓生孟吏胥不辭村氓

盃閒良不辭酒媪盃賢妻不辭良夫
杯寡婦不辭鰥夫盃寡氏畢竟不
把此盃則噫我鰥夫將擧何顏出
此柴扉狗也著見猪也著見一死
快心請斷我頭裡載寡體我無餘
愠忿入廚下持刀而出延頭而前納
曰寡氏若吸一口而止可保我命
寡氏真無活我之心乎寡見此
擧措心如九跳怔〻忡〻急擧
杯而少吸還杯于鰥曰君見我飮

心幾何醫鰥於把寡腕而接杯曰
不復多勞貴手因飲其剩杯一口
一口嚼而味之而驗之舉杯連嗅如
閒奇香撇鬚呵呵曰把玉手而飲合
歡大事成而宿願就人間今日閒
何日席上新郎是舊郎妙哉奇
哉正爲我道遂乘興而乾一盞之
醪言炎炎而莫及佯若不會聳肩
而問曰君有何喜如是與高鰥曰
鰥寡依配如何不喜寡曰邪有定

(堪聽鉉潑潑而可觀寡知落他術中噬臍)

約鰥曰奚曾定約已經醮禮君尚
欸夢囈乎近我內室交話許衆是
定約也把臂交盃兩情歡洽是合
巹也舌雖廣長更何亂稱況有
天日監臨鬼神冥質從此君我如
有他志天必戮之神必殛之稱兒
沒覺在傍須要鰥提亂膝上啾
然慰撫曰謊云義爺然人情各
殊不可一槩本我膓軟見汝臭
酸且我無一箇子女視汝若已出愛

而育之教而成之是亦天倫是亦
陰騭吾真情以如此訴必震於霹
靂貴吾雖兮吾雖能知吾爲爾
父從今日而爲始愛汝情如掌珠
除夕屈指不遠汝衣服爲閑念雖
十寸爲一寸期逮他人之子言如春
而藹藹情似海而洋洋仍把耳而親
嘴更挾腰而叩臂客生面而且苦
兒喫却而欲啼鰥低穀誘之曰吾兒
吾兒休啼休啼金子童玉子童出雲

堂上七寶童明月宮中水晶童萬
里滄海龍子童四大部洲人傑童非
天降則地從耳怕吹飛而捶陷寡歎
笑還嗔曰認曾諺遍小兒雷雖然
此事何爲許吾爲一杯薄酒所賣
乎眞令人怪殺自問不知怎生好鰥
笑吟一絶曰一杯酒結百年緣媒妁
雖千豈得然自古爲天民以食而
令吾獨酒爲天鰥知寡入彀十分
可圖乃揭東面直說曰主翁之安君

於此豈真憐君之情只為幇助家
務遠勝女婢砂棣淺謀明若觀大
君若臨事懈怠早寐晏起或患
病委頓不能自強一日二日耶見沓欝
兒又索飯啼號亂撒尿溺翁必忤意
仄目形容不平呵叱頻作於是乎母
對兒而悲咽思舊日之破屋雖孤
冷之非世勝為人之眼釘坐如針氈一
刻三秋未一死而不得圖殘命而議
適亦不能而自主決宜否於翁口

翁無遠識只圖目前昧人品之高
下笑家計之膽艱非病身則日
合當不關食則日着寶撑匪配
而非憂誤前程亦何關駿馬日
䭾癡漢走功妻夜伴拙夫眠君
試思之能不驚心近來鄉俗日
趍惡薄而編户愚民爲尤甚男
耕女織粗有贏餘便心大氣昂
妄佐身分過竊親貧友輒白眼
冷看又從背後指議不欲齒諸

人数吾常心誅不忍正視而若輩倒
来笑我目之以亡頼封巾間憎我深者
亦曰乱民此皆有眼無珠烏能認
得我耒呂有識鑑之貴人兩班注
々一見我而許之或稱當時之奇
男或呼将来之冨貴或見而賜顔或
邂逅而傾心期日後之須用示面前
之款曲我若庸劣人豈奬譽擧
一州之全坊八高眼者有誰非但
此也南里郭先生精通星相言多

奇中人歸賽璞敬若神明往年
窺我容貌推我命数日運到卅五
聚星光照室家有慶凜意融
中下二停連見泰亨陞官發財耶
求如願八字評決亦相吻合且吾先
營神師耶占形如將軍撫劍千方
山下大地五世大發自昔有讖訃世
以考今其時矣心中獨喜自覓未
曾向人泄漏眩遇主顧巫媼懇請
安而還賀曰恭喜老爺大吉大利

明日可巧己酉卓家當有奇逢須牢記在心多謝僊靈判不叩而應誘以讖語幸在今日圓就好事始信己酉戌配巫言不誣也讔語異哉是緣之有定非人力之可致從知前路斷但何難刻意東脩白圭之玷可淨浮屠之光易合吾一日之執心能敵他之十年君莫動於衆咏惟矣志而協理貧富窮達命有安排妄意趨避反召其禍昔日姜太公

百里奚朱買臣之妻不忍一時之
飢寒遂致千古之悔恨蘇秦
陳平楊志堅始也終亨張志氣
於家人此類甚多難以殫述君如
享福吾豈長貧富貴言鑿鑿有理
吾意渙然冰釋然君放浪既久
習與性成若有初鮮終或一驟十
寒則吾命休矣到此奈何鰥曰
君言亦可凡人之收放敀正皆由自
心不待于人今吾心之放一誓可收

固自三呼其名大聲誓言曰甯若
不悛前日之習重貽哲掃之憾眞
是狗豚牛馬子来〻去〻人盡爺
瘟疫瘋瘡終不善。娼女男盜。報無
差寡正色曰示信之辭尤宜典重何
乃穢惡亂雜有浮駔儈口氣一心自
寒獲耳欲洗鰥赧然謝曰倉猝失口
殊不雅馴更許擇言俾掩前愆寡
曰諾鰥曰吾如渝盟心與口違天
不容覆地不容載一隨阿鼻永

不出世因謂寡曰吾誓已備君
盍見志寡曰吾若負心有如此
誓鰥欣然曰至矣盡矣天色將
暮無更道今日是好不必避他
歸掃土室以做親禮遂抱幼引寡
出翁自外来阻曰今日之事未知
何決定而何急遽乃爾来日無窮
漫〻商量甚合事禮君子獨帰
無復躁妄鰥忿然曰翁言差矣六
國當世合從盟約猶以一言決之今

日鰥寡合從是胡茅大事刻却宛
議曰去軟血吏尋漫漫商量拖過這
無窮之來日翁何瞞乘我至此翁前
五吾無関涉君自量行令其去就
何復主張且吾將吾人不能自由一
聽於翁可乎翁冷笑曰誰是君家
人鰥怒髮欲竪推寡背而迫前暗
待些小利害較欲作魔障好因緣
此輩男女天殺地殺如復攔住當
判死生提拳大步傍若無人翁是

村蠢恐有不好勢頭忍不回話聽
其携去腸雖輪困亦無奈何鰥、携
寡入室掃除略爭呼隣女而具夕
飡一應所須皆借于隣對案、聯匙
互勸加餐間〻哺幼教勿怠吞轂
食點、燈促膝連臂說舊話新咊、
到津〻豪情蔵而難接、或揺頭而
轉目高擡紫芝之朧橫踡丹木之股
鶴腹之說詩々文牛囊之灸、露馬脚
而不捲綻麻淳而何顧燈頻剪而

歆灺覺宵更之已闌巷宋々而無人
月皎々而斜窓鰥曰我昏々而要睡御
何爲乎椒坐寡曰請君先寢我無
睡意鰥曰我有緊事因睡以幹其
卿周旋獨睡不成抱纖腰而橫卧接
桃臉而較臭辟芳根而傳信天玉峰
而挑興寡叵耐而翻作自解衣而安
桃因就勢而作用如豪鷹之搏
雉既九一之術妙亦低昂之法奇二
氣相軋八根無碍魚水之樂至雲雨

之興濃嬌眼迷而自閑酥胷熱而
冬悶呻吟語曰我死如何遇此寃家
因行樂而致死誰當爲之償命鐶喘
々而亦云豈爾命之獨絶我々死而
骨消歛埋葬而無體遊九天又十
地惟三魂與七魄峰々迷於巫山水
々杳々洛浦劉郎到於天台張生
遇於西廂風流溢於千載趣與長
於[illegible]夜非飢久而味新由爾別有
奇韻閨温柔而許多曾未見此可

喜旣吾有此可喜雖九死而無悔掩
卽口日事悤留絮語於下回一鼓下
而班師雲和散而兩杖交相拖而相
問爾我情其孰深自家情而自知非
他人之可量形受稟而各殊恨心膓
之不聯短唱長和輕憐痛惜繾綣
綢繆〻膠漆纏纏睡鄕戀海万丈
整旗鼓而賈餘勇殫技藝而逞
本事眞是難覩之奇觀亦々久不傳
之俊誇暎律重回幽谷身似遊蝶

翩々俄筋骨之都解今魂魄而并
銷鑠天威而無嚴豈帝咆之可怕仙
佛尊而何美皇帝貴而不嗅閒西
界之極樂果何如於此間衣裾下
有除味晋人語真奇特死當葬
於是鄉漢帝論扁状謀天下之至
樂捨此里復何求知吾厭此塵寰
一念功於無望天幸賜此良緣無乃
得其死耶懷此心而行事非伊寡之
耶知情慾外而限死處字位不知止

寡、死去而活来斗棄到極而還苦底
鰥欲窮源乎寡輒塞渡吕鰥方撑篙乎
寡先下碇吕鰥要假借乎寡愈斬畜乎
誘之不聽尔威亦罔從吕百般央纏一矣
直推拒之一似遇強暴而圖脫吕一
似行刼奸而期遂人鰥欲打而新
傷新好之情吕寡擬解而念戱必
從之義斗寡溫語以解譬之亦斤〻
而懇〻多如牛毛之多一日厂〻分排
猶綽〻乞何君慮之不遠斗乃刼〻

而無度忘百年之快樂貪暫時之
饑飫愚如吾而自料食其色而一
般因飢渴而饕餮必喪殞其十
九恃以生者猶然况戕生之斤斧
君或健於祿山妾不淫如太眞燧人
之火戕燒玉關竊眼之瘡斲根牝
戶木石頑而必斃血肉脆其能全
閻王宮殿似隔單布酆都程路
不盈一尺過郎君而謀生困衽席
而促壽非徒我之慘絕君皃樣其

何似君万一而不諱我身在又何境島
驚弓而避枝人傷虎而忌山念疇
昔之經過夢寐間而猶愕諒吾
郎之警省茲血誠以陳規鰥悼
頭而搖手卿言節不通塚累
於北印豈盡施於腹上吾平生之
所嗜唯酒色而無他以酒當飯以
色當內既醉且飽氣充血壯參茸
補劑鷄狗膏飲世多言子者吾常
笑看把房傷寒陰虛癆漸入多

患者吾曾不怕人壽夭之不齊
落席初已有定我有命而在天
御十女而何傷夜一刻千金酒三
盃而萬戶巧陰陽之有具宜交
合之無間作之不已乃成君子前
修格言吾已服膺吾道一以貫之
君亦知夫聖曰無金玉爾陰郎好
是懿德比而賦也俱而起哉如復執
拗誓吊裳帶堅握纖手豌而色歡
寡見此狀丁寧色狂且驚且怕乃

悔乃恨依托違望性命奚顧悲
嗚咽而摽辟如衙門之播鼓身倏
翻而倒地氣奄奄而將絕雖千呼而
万嗅詎能聞而有應接鼻息而
不出按手足又漸寒鰥兩目瞠
然撫寡自語曰雖云婦人性穪誰
知爾又感乖方纔歡天喜地息山
情海求悅已而粥恨不違於三
歲無端勃谿要爲夠制可憐蛾
眉怨然蟻命正如櫝中之玉自碎

鉢裏之花水空是誠何心不可
度思雖然既不被打脈毒自無外
破內傷數拳挻胄何遽至此如
曰嚇人豈其尻息哉者亡過內婿
能有精竊崇禍同犯奸律我首爾
從豈肯饒我乃偏責爾君神之
德甚盛必不若是欠公假使鬼責
眞寶無疑意不屬於巫祇術可
借於神農嘗見人家治急病要
過一貼回生散腳出戶而如飛邀醫

師於十里夜色沉沉如漆路不辨
於尺地雪半消而氷滑自十顚而
九倒忙過松林一隅雙燈煌煌光射
欲前進而後却拭兩眼而審視有
如山之大虎紋彪炳而班班忽起身
而人語爾滛儋其靜聽爾誘寡而
酣暢鼓肆言而無忌雖天威而無嚴
豈虎咆之可怕此何等之說話搖唇
舌於醜場天震怒而命我嚙爾於
此地爾果不知怕乎遂咆哮而向前

鰥神竟飛越拚命急逃跌一足而倒落千丈之壁如削大叫一声而驚覺乃午時之夢罔也鰥睜睫初開迷混漸醒威張如恐眼除驚猿猶跳心窩盤桄伸膝靜繹夢境始徹終瞭首尾一場歷〻異遺宛是曾經之實事不似輯罔之妄境恍惚彷彿如可追蹤惝悵嗟惜亦難定情遂謁寄夢軒主人而述其夢甚詳恨夢之不長

而不能續主人曰吁甫居夢思
夢以夢說夢是夢中之夢尚在
未覺鰥曰夢中之夢蒙未能喻
請賜明教焉主人曰凡人形開則覺
而爲事之實魂交則寐而爲夢
之虛一刻之覺夢一形之開闔一形
之開闔一性之往來一性一來死生
是幻一死一生終始是夢覺不爲
覺實不爲實物不爲物我不爲
我舉世皆寐天下一夢然則衰

冕繡裳垂拱平章帝王之夢也玉
帛朝覲守疆述職諸侯之夢也燮
理二氣贊襄万機宰相之夢也坐
鎮一方宣化黜陟方伯之夢也撫
字黎庶勸課農桑守令之夢也運
籌決勝攻城略地將帥之夢也衝
冒鋒鏑蹈水火士卒之夢也尊
對傳情內熱飮氷使价之夢也
一邱一壑守淡樂道隱逸之夢也
辭鋒縱橫口如懸河辯士之夢也

釼銃慷慨輕生重義俠烈之夢也扶
犂把鋤深耕易耨農夫之夢也貿
遷有無逐末爭利商賈之夢也巧
制精造彈技利用工匠之夢也変
幻仙鬼迷眩視聽技戲之夢也嫖
賭沉湎浮浪破落蕩子之夢也艶
冶嬌晨歌舞吹彈妓姬之夢也沿
路呼號望門乞[illegible]丐兒之夢也曰
仁曰義說性說理儒家之夢也修
練篠眞蟬蛻滓濁仙家之夢也幻

現輪回不生不滅釋家之夢也星
相堪輿醫筮筭數術家之夢也宗
庿社樓城郭市朝都會之夢也揖
讓進退威儀三千禮之夢也五聲
八音陽律陰呂樂之夢也威鳳慈
麟靈芝甘露祥瑞之夢也提要鉤
玄英華爍蔌文章之夢也九府泉
刀太倉紅陳錢穀之夢也錦繡綺
羅氷綃霧縠衣服之夢也九穀膏
腴五味調和飮食之夢也山珍海

醑佳釀美醞享讌之夢也博奕樗蒲輸贏百萬賭技之夢也王籤錦帙繪寫後素書函之夢也翠輦金輿驥騏駃騠乘御之夢也宮殿樓閣臺榭觀亭居處之夢也風雲月露暮朝異觀景致之夢也烟霞泉石洞天福地幽勝之夢也花卉禽魚園池清邃遊賞之夢也高山大海衍原曠野騁矚之夢也高牙大纛列鼎重茵富

貴之夢也彼褐喫菜飢寒倦辱
貧賤之夢也殘燈空床孤苦凄涼
惡曠之夢也械縲殘命刀斧避
冤刑辟之夢也宛轉呻吟棄餌將
養疾病之夢也珠襦玉匣万人祖
送營慈之夢也夢境雖萬而其
為夢則一也治亂安危興亡衰盛
襄家囯之夢無定壽夭榮悴得
失毀譽一身之夢不齊隱蕃讓
辨喜怒哀樂性情之夢各殊而

其爲夢則一也先我而夢爲古
之夢並我而夢爲今之夢古今
之夢不同而其爲夢則一也今日
之夢非昨日之夢人之夢異我
之夢而其爲夢則一也境是夢
物是因夢中世界誰知其夢
之中又有夢焉華胥之夢槐安
之夢蝴蝶之夢蕉鹿之夢是也
方其夢也不知其夢覺而始知
又占其夢而獻其夢是在夢中而

[illegible]夢中之夢也夢中覺夢未曰
以爲覺、世不覺均爲一夢也何
夢是幻何夢是眞何夢是短何
夢是長世如夢而我不知其夢、
知世而我不知其覺世已有我夢
亦有我我知有我夢常非夢、
而不知覺故不以夢爲幻覺而
不知夢故不以覺爲眞惟大覺
然後能知是世夢知夢是幻知
物非物知我非我也爾如未悟我

以爾喻爾自彼來爾自此去是爾之去來也來此彼爲今去彼此爲今去來彼此俱爲一夢也俄之言而今之默俄之立而今之坐一言一立亦復一夢也昨夜今寡之爾是今日夢我之爾則昨夜之爾一是夢中之爾也何置欣慽於夢中之夢乎非徒爾之問我是夢也我謂爾今亦夢也以夢問夢以夢對夢是又爾我之夢

說亦知夢也錄万古之夢而使今
能壽且久於夢中者其惟文也吾
試錄爾之夢而使之壽且久矣
爾其肯乎鰥始悟而請之遂略述
其夢之槩而終以夢說云爾

也良爾無其田無以備主令
養小孩小羊身而無主則無
自也自章者能仰養養大故
別大之道亂也而夫自他自章
故大小人則養小孩小無是
嗣諒遺落無之亂天地至大

환몽과기(鰥夢寡記) 影印

낙은문고 소장본

여기서부터 영인본을 인쇄한 부분입니다. 이 부분부터 보시기 바랍니다.